DREAMBOOKS

천극의 서

권인호 신무협 장편소설

ORIENTAL FANTASY STORY & ADVENTURE

天極之書

10

dream books 드림북스

천극의 서 10(완결) 늘 푸른 고송처럼

초판 1쇄 인쇄 / 2014년 2월 12일
초판 1쇄 발행 / 2014년 2월 18일

지은이 / 권인호

발행인 / 오영배
책임편집 / 편집부
펴낸 곳 / (주)삼양출판사 · 드림북스

주소 / 서울특별시 강북구 솔샘로67길 92
대표 전화 / 02-980-2112 팩스 / 02-983-0660
편집부 전화 / 02-980-2116 팩스 / 02-983-8201
블로그 / blog.naver.com/dreambookss

등록번호 / 제9-00046호
등록일자 / 1999년 3월 11일

값 8,000원

ISBN 978-89-542-4599-9 (04810) / 978-89-542-3675-1 (세트)

* 지은이와 협의하에 인지는 생략합니다.
* 잘못된 책은 구입한 곳에서 바꾸어 드립니다.

이 도서의 국립중앙도서관 출판시도서목록(CIP)은 서지정보유통지원시스템홈페이지(http://seoji.nl.go.kr)와 국가자료공동목록시스템(http://www.nl.go.kr/kolisnet)에서 이용하실 수 있습니다. **(CIP제어번호: 2014004049)**

천극의 서
天極之書
권인호 신무협 장편소설
10
늘 푸른 고송처럼
ORIENTAL FANTASY STORY & ADVENTURE
dream books
드림북스

목차

제1장

무너지는 천년 고찰

천극의 서

금천우가 숭산 소실봉 아래 모인 수만의 흑지 고수들을 오만한 눈빛으로 아울렀다.

도제 백무강, 군주 아극소, 그리고 능히 일당백의 최정예 고수 수만을 앞에 두고 그들 모두를 홀로 상대하겠다고 한 그 무모한 선언이 전혀 무모해 보이지 않을 만큼 지금 금천우는 실로 태산처럼 크고 높아 보였다.

하지만 그 굳건한 모습과는 달리 그의 속마음은 그리 여유롭지 못했다.

'큰소리를 치긴 쳤는데 말이야.'

아무리 용빼는 재주가 있다고 하더라도 어중이떠중이

잡졸들도 아닌 흑지의 정예 고수 이만을 혼자 상대한다는 건 어불성설이었다.

하지만 어차피 기호지세였다.

물러설 곳이 없었다.

천풍만 해도 아직 정신을 놓지 않은 게 신기할 정도로 부상이 심각했다. 오래 지체하다가는 생명마저 위험할 수 있었다.

물론 천풍을 데리고 그저 이곳을 벗어나는 것만을 목표로 한다면 못 할 것도 없다. 그와 백연이라면 그들을 둘러싼 것이 설혹 백만 대군이라 할지라도 포위망을 뚫는 것쯤은 얼마든지 가능했다. 그러나 안타깝게도 지금 그의 뒤에는 소림이 있다.

검문은 정파라는 울타리에도 들지 않고, 소림과도 별다른 친분이 없는 만큼 굳이 그가 소림을 위해 흑지와 싸울 필요는 없었다. 실제로 천풍의 등장 전까지만 하더라도 소림이 멸문지화를 당하든 말든 이 싸움에 관여할 생각이 조금도 없었다.

하지만 뜻하지 않게 얼굴을 보이고 말았다.

이렇게 된 이상 더는 방관자로 있을 수가 없었다.

그렇다고 이쯤에서 발을 뺄 수도 없다.

이대로 천풍만을 데리고 이곳을 떠나 버린다면 검문주

패천일검 금천우는 흑지가 무서워 소림을 버리고 도주한 겁쟁이밖에 되지 않는다. 자칫 소림이 몰살이라도 당한다면 중원 무림의 검문을 향한 비난과 원성은 오히려 흑지를 향한 적의보다 더 커질 수도 있었다.

아무리 세상의 풍문 따위에는 신경도 쓰지 않는 금천우라지만 중원 무림 전부를 적으로 돌릴 만큼 무모하지는 않았다.

아니, 무엇보다 목숨이 아까워 도주했다는 오명 자체가 그의 하늘보다 높은 자존심에 용납되지 않는 것이었다.

'나 원 참! 어쩌다 일이 이 지경이 되어 버린 거야?'

원인을 놓고 보자면 결국 천풍 때문이다.

무모함을 넘어 무식하게 전장의 한가운데로 뛰어든 것도 뛰어든 거지만, 도제를 앞에 두고 위서량에게 한눈을 팔다 결국 도제의 기습에 치명적인 부상까지 당하고 말았다. 그 바람에 뜻하지 않게 자신마저 지금 이렇듯 빼도 박도 못하는 처지에 놓이게 된 것이다.

'저딴 녀석 때문에 말이야.'

생각해보면 얕디얕은 인연이었다.

기억도 가물가물한 십수 년 전에 황산사에서 고작 며칠을 같이 지냈을 뿐이다. 풍파결을 가르쳐주긴 했지만 사승의 연을 맺은 것도 아닐뿐더러 풍파결조차 그의 무공이 아니라 흔히 세상에 떠도는 신비살수 현천의 것이었다.

스쳐 지나면 그만일 가벼운 인연.

그런데 왜 별것도 아닌 가벼운 인연을 외면하지 못하는 것일까?

'나답지 않게…….'

그렇다고 천풍을 구하기 위해 나선 것을 후회하진 않는다.

겨우 이깟 위기에 자신이 한 일을 후회할 만큼 소인배가 아니었다.

뒤를 돌아보지 않는다.

앞을 막는 것이 있으면 그것이 설혹 태산이라도 부숴버리면 그뿐.

그것이 패천일검 금천우의 길이었다.

'문제는 어떻게 부수냐는 건데…….'

어려운 문제는 아니었다.

단신으로 많은 적을 상대하는 방법이야 하나뿐이었다.

우두머리를 잡는 것.

우두머리를 잡아 사기를 꺾어 놓으면, 그리해 일단 기세를 죽여 놓으면 반은 먹고 들어간다.

저들 흑지의 우두머리는 당연하게도 도제 백무강이다. 그리고 지금 도제 백무강은 상태가 정상이 아니었다. 천풍이 던져 준 화두에 마치 깨달음의 순간을 맞은 것처럼, 이 모든 소란을 잊은 듯 자신만의 상념에 빠져 있었다.

'지금이라면…….'

지금이라면 힘들이지 않고 도제 백무강의 목을 취할 수 있다.

이 모든 불리한 상황을 단번에 역전시킬 수 있는 천재일우의 기회였다. 목적을 위해서라면 다소의 비겁함쯤이야 얼마든지 무시할 수 있는 금천우였다.

단 하나 아쉬운 것은 도제 백무강의 제대로 된 힘을 직접 받아보지 못한다는 것이지만 지금은 한가롭게 그런 유흥이나 즐길 때가 아니었다.

마음을 굳혔다.

마음을 굳힘과 동시에 그의 손에는 검이 들렸고 그 검은 곧장 백무강을 향하려 했다. 그런데 그보다 앞서 백무강의 앞을 막아서는 인형 하나가 있었다.

"검문주 금천우. 고명은 참으로 많이 들었지요. 중원에 인물이 많다지만 그중의 으뜸은 패천일검이라……. 오히려 풍문이 부족한 듯싶군요. 적어도 그 배포 하나만큼은 중원이 아니라 능히 천하를 논할 정도가 아닙니까?"

그렇게 말을 하며 입가에 기분 좋은 웃음을 머금는 자는 다름 아닌 흑지의 군주 아극소였다.

"금 문주님께는 일전에 묵혀 둔 빚이 하나 있지요. 해서 그렇잖아도 일간 한번 찾아뵐 생각이었는데 이런 데서 이렇게 일찍 뵙게 될 줄은 미처 몰랐습니다."

묵혀 둔 빚이란 도문의 멸문 당시 현장을 이끌었던 태대로 구양수가 금천우의 검에 죽은 일을 말함이었다.

하지만 그 일은 금천우의 기억에선 이미 지워진 지 오래였다. 그래서 묵혀 둔 빚이 무엇을 말함인지 알지 못했다. 아니, 아극소의 말 따위는 관심도 없었다.

이미 도제 백무강을 목표로 정했다. 그 앞에 뭐가 있든 그것이 방해가 되는 거라면 치우면 그뿐. 지금 금천우에게 있어 아극소는 그렇게 단지 치워 버리면 그만인 물건일 뿐이었다.

이윽고 금천우가 몸을 날렸다.

금천우가 이렇게까지 자신을 무시할 거라고는 생각 못했던 아극소의 얼굴에서 순간 웃음기가 가셨다. 그것은 불쾌함 때문이기도 하거니와 찰나간 좁혀 드는 금천우의 속도에 긴장한 때문이기도 했다.

하지만 그것도 잠시였다.

아극소를 향해 거침없이 검을 뿌리는 금천우를 향해 그 역시 도를 들어 맞서 갔다.

까아아앙—!

날카로우면서도 강렬한 금속의 충돌음이 야공을 찢었다.

그것이 시작이었다.

천풍과 도제의 비무로 한껏 달아올랐던 전장의 중심에서, 이번엔 금천우와 아극소의 일전이 모두의 눈을 사로잡았다.

금천우는 속으로 혀를 끌끌 찼다.

'어느 하나 만만한 놈이 없군.'

도제에게만 멈춰졌던 그의 눈이 그제야 아극소를 보게 된다.

흑지의 군주라는 자.

소문이야 숱하게 들었지만 그의 관심은 언제나 도제에게 맞춰져 있었기에 아극소란 이름은 그에게 아무런 감흥도 주지 못했었다. 백연이 가벼이 볼 자가 아니라고 늘 주의를 줬었지만 또한 늘 한 귀로 듣고 한 귀로 흘려버렸었다.

그래서 잘 몰랐다. 하지만 이렇게 칼을 맞대고 보니 잘 몰라서는 안 되는 인물이었다.

강했다.

적어도 그가 아는 중원의 무인들 중에 아극소의 상대가 될 수 있는 자가 다섯 손가락을 넘지 않을 만큼 아극소는 강했다.

그러나 그렇다곤 해도 달라질 것은 없다.

아극소가 아무리 강하다고 해도 도제에 비할 바는 아니었다.

그리고 아극소 하나를 죽인다고 지금의 전세가 바뀌지도 않는다.

일 푼도 되지 않는 가능성에 일 할을 더하려면 역시 도제 백무강을 잡고 빅장을 불러야 했다. 그래야 적어도 오늘만이라도 이곳에서 흑지를 물릴 수가 있다.

그 후의 일이야 어차피 그와는 상관없는 일이다.

그랬다. 도제를 잡고 흑지가 이곳 숭산에서 걸음을 돌리게 하는 것.

그것만이 지금 금천우가 할 수 있는 최선이었다.

생각은 길지 않았다.

판단은 빨랐고 행동은 그보다 더 빨랐다.

그것이 무엇이 되었든 방해가 되는 것이라면,

"부수고 간다!"

잠시간의 숨 고르기를 마친 금천우의 검이 그 즉시 지금껏 본 적 없는 빠름으로, 그리고 강함으로 아극소를 향해 덮쳐들었다.

까아앙—!

번쩍하며 불꽃이 튀었다.

"크윽!"

이번만큼은 그 여력을 완전히 다 흘리지 못하고 아극소가 끊어질 듯한 신음을 흘렸다.

금천우의 검이 재차 아극소를 향했다.

까아아아아앙—!

다시 한 번 불꽃이 튀었다.

"크으윽!"

이번엔 아극소의 입에서 신음 말고도 비릿한 무언가가 같이 뿜어졌다.

'이런 터무니없는…….'

아극소의 눈에 놀람과 불신이 담겼다.

그를 놀라게 만든 것은 눈으로도 쫓을 수 없는 빠름이 아니었다.

빠름이 아니라 무거움이었다.

고작 다섯 근도 되지 않는 검이건만, 일검 일검에서 전해져 오는 무게감은 자신의 스물다섯 근의 도보다도 훨씬 더 무거웠다.

소위 중원에서 내로라하는 검수들 중에는 당연히 중검의 고수도 있었고 일찍이 그들의 검을 직접 받아 보기도 했다. 하지만 어느 하나 자신의 기대를 충족시켜 주는 이가 없었다.

그래서 중원의 검객들을 조금은 깔보는 마음도 있었다. 그런데 지금 이 순간, 그러한 깔보는 마음이 씻은 듯이 사라졌다.

금천우의 검은 지금껏 그가 받아 본 검과는 차원이 달랐다.

검문의 문주 패천일검 금천우.

그 이름이 금천우가 휘두르는 중검보다도 더 육중한 무게감으로 가슴을 압박한다.

율법에 매여 사막에 갇혀 있을 때도 천하를 그렸다.

그가 그린 천하에는 오직 백무강과 자신, 둘뿐이었다.

그런데 거기에 천풍이 끼어들고 금천우가 합세하자 모든 것이 엉클어져 버렸다.

백무강은 그가 생각했던 것보다 더 거대했고 천풍은 더 놀라웠으며 금천우는 더 강했다. 그가 그리고 그가 꿈꾸었던 천하에는 애초부터 그의 자리란 없었던 것이다.

지금 금천우의 검이 분할 정도로 분명하게 그 사실을 일깨워 주고 있었다.

하지만 그건 어디까지나 무인으로서의 패배감이었고 굴욕감이었다. 용궐에서 흑지의 형제들을 학살하던 천풍을 앞에 두고도 등을 돌렸던 그때, 무인으로서의 자존심은 이미 버렸다.

무인으로서, 사내로서 그렸던 천하는 가슴에서 지웠다.

지금은 오직 흑지의 군주로서 천하경영의 그림을 그리고 있다.

그리고 흑지의 천하경영을 위해서는 지금 이 순간, 가진 모든 것을 다해서 금천우를 막아야 했다. 그리해 아극소는 중원 땅을 밟은 이후 처음으로 자신의 진신비기를 꺼내 들었다.

"혈랑비천(血狼飛千)!"

수백 수천의 이리 떼가 금천우를 덮치고, 태산 같고 바위 같은 검영이 일진광풍을 일으키며 이리 떼를 휩쓴다.

검은 무겁고 도는 화려하다.

그 상리에 어긋나는 그들의 대결은 한 치 앞도 내다볼 수 없을 만큼 치열했고 난폭했다.

천풍과 도제의 비무가 마치 한바탕 신 나는 검무와 같았다면 금천우와 아극소의 대결은 그야말로 생과 사를 가름하는 생사투였다.

하지만 그들의 대결은 보이는 것보다 치열하지도, 막상막하의 숨 가쁜 일전도 아니었다. 어느 순간에도 굳건하기만 한 금천우의 검과는 달리, 아극소의 도는 매 순간 급격한 변화를 일으키고 있었다.

그것이 무엇을 의미하는지는 명명백백했다.

금천우가 승기를 잡고 있는 것이다.

중원 무림을 공포와 비명에 젖게 만든 흑지의 군주 아극소가 힘과 힘, 기예와 기예의 대결에서 확연히 금천우에게 밀리고 있는 것이다.

그 비무를 지켜보는 흑지 고수들의 가슴이 서늘해지는 것이야 당연했다. 비단 흑지의 고수들뿐만이 아니었다. 금천우의 등을 좇는 소림승들도 금천우란 이름을 다시 한 번 뇌리에 되새김할 수밖에 없었다.

세상에 모습을 잘 보이지 않던 금천우였다.

흑지의 침공이 있은 후에도 좀처럼 그 소식을 접할 수 없었다.

도문이 멸문했을 때도, 파천대성의 활약상에 힘입어 현천문이 무림사세의 한 자리를 차지했을 때도, 비참하게도 흑지의 칼날 아래 무림맹이 무너졌을 때도 금천우의 이름은 없었다.

해서 사람들은 금천우의 이름 앞에 천풍의 이름을 놓는 것을 주저하지 않았다. 검문이란 두 글자가 현천문 세 글자의 뒤에 붙는 것이 전혀 어색하지 않을 만큼, 그렇게 사람들의 기억에서 지워져 가던 이름이었다.

그런데 지금 이 순간 금천우의 이름은 적아를 막론하고 모두의 뇌리에 어느 누구보다도 깊고 강렬하게 각인되고 있었다.

특히 흑지 측의 분위기는 싸늘하게 얼어붙었다.

그들에게 있어 아극소는 도제보다도 더 절대적인 존재였다.

그런 절대자를 힘으로 능가하고 있었다.

홀로 흑지 모두를 상대해 주겠다던 금천우의 말이, 황당하고 가소롭기만 했던 그 말이 단지 허풍이 아닐지도 모른다.

그런 생각이 점점 떨칠 수 없는 공포가 되어 현실로 나타나고 있었다.

애가 탔다.

믿고 싶지 않지만, 인정하기도 싫지만 그들의 군주가 밀리고 있다.

아니, 밀리는 정도가 아니라 처참할 만큼 일방적으로 무너지고 있었다.

당장 금천우의 검에 아극소의 목이 날아간다 해도 이상하지 않을 만큼 그들의 공방은 점점 더 확연하게 그 승패가 드러나고 있었다.

그런데도 아무것도 할 수가 없다.

아극소가 백척간두에 서서 천 길 낭떠러지로 떨어질 판국인데도 그를 잡아 줄 수 없다.

금천우와 아극소의 대결은 이 자리에 있는 어느 누구도 감히 끼어들 수가 없을 만큼, 오직 그들만의 세계에서 다른 차원의 무위를 보여주고 있었다.

아니, 딱 한 명 예외가 있었다.

콰아아아앙—!

금천우와 아극소가 만들어 내는 차원이 다른 세계의 벽을 부수며 그들 사이로 끼어든 인물.

"그만하거라. 네가 베고 싶은 것은 이 아이가 아니라 나이질 않느냐?"

도제 백무강이다.

자신만의 상념에 빠져 있던 도제가 치열한 공방의 중심에 뛰어들어 금천우와 아극소를 갈라놓은 것이다.

"그래, 구하던 것은 얻으셨습니까?"

금천우가 도제를 보며 물었다.

도제가 고개를 저었다.

"아직 얻지 못했네."

"하면 결의 무예도 못 쓰겠군요?"

"적어도 지금은 그렇지. 하나 걱정 말게. 결의 무예가 없어도 이 늙은이의 칼이 그리 시시하지는 않을 테니까."

"부디 그렇기를 바랄 뿐입니다. 도제가 이름값을 못하면 도제에 무릎 꿇은 제 스승님의 면이 너무 초라해지니 말입니다."

이제 자신의 상대는 아극소가 아니라 도제 백무강임에도 금천우는 시종일관 태연자약했다. 하지만 그것은 어디까지나 겉모습일 뿐이었다.

'젠장! 되는 일이 없군.'

정말 간발의 차로 늦었다.

촌각의 시간만 더 있었더라면 아극소를 떨쳐 내고 도제의 목을 취했을 것이다.

하지만 정작 현실을 보면 도제는 건재했고 아극소도 잡지 못했다.

게다가 도제의 존재감이란 이렇게 마주하고 있는 것만으로도 가슴이 짓눌리고 숨이 막힐 지경이다.

압도적인 존재감으로 천하를 굽어보는 도제 앞에서는 제아무리 하늘보다 높은 자존감의 금천우일지라도 더 이상 그를 두고 시시하다 오만을 떨 수가 없었다. 감히 승리를 호언할 수도 없었다.

그러나,

'다른 방법이 없다.'

도제를 꺾어야 한다.

아니, 도제를 꺾는 것만으로는 되지 않는다.

도제의 뒤에는 아극소가 있고 아극소를 넘어도 그 뒤로는 또한 수만의 흑지 고수들이 있다. 그가 살기 위해서는 그들 모두를 죽여야 했다.

'까짓 한번 해 보지, 뭐.'

계산은 집어치웠다.

어차피 주판알을 튕겨 봐야 나올 답도 없다.

지금은 그저 할 수 있는 데까지 무모하게, 그리고 무식하게 부딪쳐 보는 수밖에 없다.

'하긴, 그게 나한테 더 잘 어울리긴 하지.'

오직 눈앞의 적만 보기로 했다.

오직 눈앞의 적만을 보았을 때, 그때야말로 자신이 가장 강해지는 순간임을 금천우는 누구보다도 잘 알고 있었다.

그것이 백무강이든, 아극소든, 흑지의 수만 고수들이든…….

'앞을 막는 모든 것을 벤다!'

그렇게 금천우는 일 푼의 희망도 없는 절망 속에서 하늘마저 벨 각오로 검을 들었다.

갑작스러운 일갈이 소림 방장 공효의 입에서 터져 나온

것은 바로 그때였다.

"제자들은 듣거라!"

그야말로 소실봉의 야공이 쩌렁쩌렁 울릴 만큼 크고 단단한 목소리에 소림의 제자들뿐만 아니라 그 자리에 있는 모든 시선이 일제히 공효에게로 몰렸다.

그 속에서 공효가 소림 제자들을 향해 명했다.

"제자들은 듣거라! 이 시간부로 소림사를 버릴 것이다! 또한 크게 살계를 열 것이다!"

소림사를 버린다. 그리고 크게 살계를 연다.

지금까진 소림사를 지키기 위한 싸움을 했다면 지금부터는 살기 위한, 활로를 뚫기 위한 싸움을 하라는 뜻이다.

어쩌면 현 상황에선 지극히 당연한 명이었지만 소림 제자들에게 그것은 청천벽력과도 같았다.

소림사를 버린다.

있을 수 없는 일이었다.

그들에게 있어서 소림사는 집이며 고향이었고 달마 조사이자 부처님이었다.

지금 공효는 그들에게 있어 목숨보다 귀한 것을 버리라 하고 있는 것이다.

하지만 공효라고 어디 편히 그런 결단을 내렸겠는가.

천 년 고찰을 위해 목숨을 버리는 거야 어렵지 않다.

그러나 목숨을 버린다고 해서 천 년 고찰이 무사할 리도 없을뿐더러 무엇보다 소림 제자도 아닌 금천우가, 그리고 천풍이 소림을 위해 목숨을 걸고 적과 마주하고 있었다.

이길 수 없는 싸움임을 알면서도 혈혈단신 수만의 적과 당당히 맞서고 있었다.

그들을 이대로 죽게 할 수는 없었다.

소림을 위해 나서 준 은혜도 은혜지만, 뒤에서 지켜본 그들의 무위는 무림맹이 무너지고 사분오열된 무림에 마지막으로 남은 희망이었고 불씨였다.

여기서 꺼트려 버릴 수는 없었다.

살려야 했다.

그것이 천 년 고찰에 새겨진 위대한 역사보다도, 소림사 제자로서의 피 끓는 자부심보다도 더 중한 것이었다.

"길을 열어라!"

공효의 명이 떨어졌다.

소림사를 버리라는 말에 충격에 휩싸여 있던 소림 제자들이지만, 그들에게 있어 공효의 명은 그러한 충격마저도 단숨에 날려 버릴 만큼 절대적인 것이었다.

소림을 버린다.

그리고 길을 연다.

모두의 눈에 핏발이 섰다.

회한과 미련, 절망과 그보다 더 짙은 분노가 핏발 선 눈에 복잡하게 얽혔다.

그리고 누가 먼저랄 것도 없이,

"와아아아아아!"

이천의 소림 제자들이 흑지의 고수들을 향해 광풍을 짊어진 파도처럼 달려들었다.

"늙은 땡초가 제법인데?"

소림의 결단이 가장 반가운 것은 당연히 금천우였다.

구대문파 중 가장 일찍 봉문을 하고 가장 늦게 봉문을 깬 고리타분하고 고지식한 소림이다. 그런 소림이, 그런 소림의 방장 공효가 소림사를 버릴 거라고는 생각지도 못했다.

단지 소림 제자들의 안위 때문이 아님을 어찌 모르겠는가.

자신들을 살리기 위함이다.

자신들을 살리기 위해 고고하게 지켜온 소림의 긍지마저 버리려 하고 있다.

가슴이 뜨거워진다.

소림이 이 자리에서 장렬하게 죽고자 할 때는 일 푼의 희망도 없었지만 그들이 살고자 한다면 분명 길은 열릴 것이다.

"좋아!"

가슴에 넘치는 호기를 그렇게 토해 냈다.

그리고 주저 없이 땅을 박차며 도제 백무강을 향해 벼락처럼 달려들었다.

"한번 죽어 보자고!"

제2장

무당 혈풍

천극의 서

소림이 무너졌다는 소식은 바람보다도 빠르게 퍼져나갔다.

하룻밤 사이 천 년 고찰이 새까맣게 잿더미로 변했고 불교의 성지, 숭산 소실봉 아래는 소림승들이 흘린 피로 내를 이룰 지경이라 했다.

이천의 소림 제자들 중 그날의 혈사에서 살아남은 자는 고작 이백.

더욱 통탄스럽고 또한 절망스러운 노릇은 그 자리에 검문의 문주 금천우와 현천문의 문주 파천대성까지 있었다는 사실이다.

금천우와 파천대성이 소림을 도왔는데도 흑지를 이기지 못했다. 이기기는커녕 거의 전멸에 가까운 참담한 패배를 당했다. 그 때문인지 검문의 모든 식솔들이 그날로 종적을 감추어 검문은 지금 개미 한 마리 보이지 않을 정도로 텅텅 비었다고 한다.

무엇보다 충격적인 것은 중원 무림 단 하나의 희망으로 여겨지던 파천대성이 도제의 일수에 당해 생사마저 불분명할 지경이라는 것이다.

소림이 잿더미가 되었고 검문은 잠적했으며 파천대성은 생사마저 확인할 길이 없다.

절망이 중원 무림을 잠식했다.

공포가 중원 대륙을 뒤덮었다.

그렇게 중원 무림은 지금의 전세를 역전시킬 만한 동력을 잃었다. 이젠 기적을 바라는 것조차 부질없을 만큼 중원 무림이 직면한 현실은 암담했다. 싸울 의지마저 잃고 누가 먼저 흑지 앞에 목숨을 구걸할지 서로의 눈치만 보고 있는 실정이었다. 그런 와중에 그보다 더 절망적인 소식이 전해졌다.

흑지의 본진이 이윽고 무당파로 향하고 있다는 소식이었다.

소림이 참변을 당하고 파천대성은 생사가 불분명한 지

경에 이젠 무당파마저 풍전등화의 위기에 처했다.

이대로 무당파마저 무너진다면 그것으로 중원 무림은 유구하게 이어온 천 년의 역사를 끝내야 할지도 모른다.

그런데도 누구 하나 선뜻 무당으로 달려가는 자가 없었다. 그저 멀뚱히 남의 집 불구경하듯 그렇게 방관하고 있었다. 그러면서도 간단히 포기해 버리기에는 그 뒤에 이어질 굴욕과 탄압의 세월이 두려워, 염치없는 기대와 부질없는 희망만은 놓지 못하고 간절하고도 절박한 열망으로 무당파를 보고 있었다. 하지만 아무리 무림의 태산북두인 무당파라 하더라도 작금의 상황에선 달리 뾰족한 수가 없었다.

"버려야 합니다."

장로 해인이 장문인 해천을 보며 피를 토하듯 그렇게 말했다.

"이제 무당파는 중원 무림에 남은 마지막 희망입니다. 지금은 그 불씨를 지켜야 할 때입니다. 본파마저 소림의 전철을 밟게 된다면 그땐 중원 무림의 천 년 역사가 사라지게 됩니다."

한 톨의 가능성에 기대어 기적을 바라고 있는 뭇 무림인들의 기대와는 달리 지금 무당파는 싸우지 않겠다 말하고 있었다.

그도 그럴 것이, 한 톨의 가능성마저 기대할 수 없는 것이 엄연한 현실이었고 그런 상황에서 기적에 기대어 이천 명의 제자들을 죽음으로 내몰기에는 그 목숨들의 무게가 너무 무거웠다.

의미 없는 싸움이고 의미 없는 죽음이라는 것을 이미 소림을 통해 보았다. 게다가 이천에 가까운 목숨을 잃고서도 결국 소림은 천 년 고찰이 잿더미가 되는 것을 막지 못했다.

무당이라고 결과가 다를 리 없었다.

오기를 부릴 때가 아니었다.

자존심을 챙길 때도 아니었다.

살아야 했다.

후일을 도모하기 위해서라도 지금은 살아남는 것만을 생각해야 했다.

살아남기 위해, 흑지와 싸울 힘을 갖출 때까지 무당산을 버려야 했다.

"뜻있는 의기지사들이 화산으로 모이고 있다 들었습니다. 이미 종남파는 전 제자들을 화산으로 집결시켰다고 합니다. 청성과 아미의 남은 제자들은 물론이고 점창도 화산으로 향했습니다. 필경 최후의 결전지는 화산이 될 것입니다. 하니 본파 또한 서둘러 화산으로 가서 최후의 일전을 대비해야 할 것입니다!"

미적댈 시간이 없었다. 이제 이틀 후면 흑지의 대군이 무당산에 당도할 터였다.

하지만 무당 장문인 해천은 쉽게 결정을 내리지 못했다.

장로들의 의견은 하나 틀린 것이 없었다.

그 외에 달리 대책이란 게 있을 리도 없었다.

하지만 무당산을 버리고 무당파의 산 역사인 수많은 도관들을 그대로 방치한 채 적도들에게 고스란히 내줘야 한다는 것이 너무 참담했다. 그런 결정을 해야 하는 현실이 너무 가혹했다.

하지만 그가 망설이는 것은 비단 그 때문만은 아니었다.

화산으로 많은 무림인들이 모여들었지만 흑지와 최후의 일전을 결하기에는 턱없이 부족한 전력이었다.

시간이 더 필요했다.

적어도 흑지와 최후의 일전을 결하기 위해 뜻을 높이 세운 의기지사들이 화산에 모두 당도할 때까지, 그때까지만이라도 시간을 벌어야 했다. 그것을 할 수 있는 것은 무당파뿐이었다.

과연 이대로 화산으로 달려가서 힘을 보태는 것이 나을 것인가, 아니면 이곳 무당산에서 흑지의 발을 묶는 것이 나을 것인가?

그 손익 계산을 좀처럼 낼 수가 없었다.

그런데 그러한 망설임의 끝자락에서였다.

갑작스럽게 밖이 소란스러워진다 싶은 순간, 의사청 문이 벌컥 열리며 진현이 달려 들어왔다.

"무슨 일이냐?"

해천과 장로들의 눈이 일제히 진현을 향한 것은 말할 것도 없다.

"적의 급습입니다!"

진현의 다급한 목소리에 또한 해천과 장로들이 의아히 진현을 보았다.

"그게 무슨 말이냐? 적의 급습이라니?"

"설마 흑지가 쳐들어오기라도 했다는 것이냐?"

그럴 리가 없다.

"경산을 지나고 있다 들은 것이 불과 반나절도 되지 않았거늘 어찌 이토록 빨리 여기까지 올 수가 있었단 말이냐?"

모두가 그렇게 의아해하는데 정작 진현에게서 나온 대답은 그들의 짐작과는 전혀 다른 것이었다.

"흑지가 아닙니다."

"흑지가 아니라니? 하면 대체 누가 본파를 급습해 왔단 말이냐?"

"마황성입니다."

"뭐?"

"지금 뭐라 했느냐? 마황성이라니? 마황성이 대체 왜?"

"설마 마황성이 중원 무림을 배신하고 흑지와 손을 잡기라도 했다는 말이냐?"

믿을 수 없었다.

아무리 마황성이 정과 의와 협의 길에서 벗어난 사마외도의 무리라고 해도 그 뿌리는 엄연히 중원이었고 또한 명색이 중원 무림을 대표하는 무림사세의 하나였다. 그 높고 큰 자존심을 버리고 그렇게 간단히 흑지에 머리를 조아렸다는 것은 믿을 수도, 믿고 싶지도 않은 일이었다.

하지만 진현이 허튼소리를 하고 있을 리가 없었다.

그리고 진현의 말대로 정말 무당파를 급습해온 것이 마황성이라면, 흑지와 손을 잡았다고밖에는 지금의 상황을 달리 설명할 방법이 없었다.

마황성이 흑지와 손을 잡고 무당파를 급습했다.

의사청 안이 충격과 경악으로 물든 것은 당연했다.

그러나 언제까지고 놀라고만 있을 일이 아니었다. 이미 병장기 부딪치는 소리와 비명, 함성이 지척에서 들려오고 있었다.

해천을 필두로 의사청에 모인 장로들이 서둘러 밖으로 나왔다. 그리고 시끄러운 소음이 들려오는 산문 쪽으로 달려갔다.

그렇게 산문 쪽으로 달려간 그들의 눈에 수천 명은 되어 보이는 적도들이 들어왔다. 그리고 그 적도들의 칼에 무참히 쓰러지고 있는 혈육과도 같은 제자들의 참혹한 모습도 보였다.

"멈추어라!"

해천의 일갈이 터져 나왔다.

웅혼한 공력이 담긴 일갈은 그 자체로 사자후가 되어 무당산을 뒤흔들었고 한창 살육을 행하고 있던 적도들의 칼마저도 멈추게 만들었다.

"그대들은 누구인가? 대체 누구이기에 감히 무당파를 상대로 이 같은 패악을 부린단 말인가!"

해천의 말은 담담했지만 담담함 속에 깃든 분노는 거대했다.

그때 적도들 사이가 갈라지며 터덜터덜 앞으로 걸어 나오는 자가 있었다.

"우리가 누군지는 이미 짐작들을 하고 계실 텐데요?"

앳되고 천진난만해 보이는 얼굴의 미소년은 다름 아닌 마황성주 이진하였다.

"정녕 마황성이란 말인가?"

"예. 안타깝게도 정녕 마황성입니다."

"마황성이 동도들을 배신하고 흑지와 손을 잡았단 말인가?"

"뭐, 그렇게 됐네요. 다들 아시다시피 승산 없는 싸움에 목숨을 걸기에는 우리 마황성은 정이 깊지도 의가 높지도 협이 두텁지도 않아서 말이죠."

그랬다.

언젠가 이진하가 천풍에게 했던 경고대로, 마황성은 천풍이 도제의 일수에 생사가 불분명하다는 소식을 접한 직후 추호의 망설임도 없이 흑지와 손을 잡았다. 그리고 이렇게 흑지의 손발이 되어 흑지의 선봉에 서서 무당파를 공격했다.

"비난은 사양하지 않겠습니다. 어차피 피할 수 없는 비난이라면 확실하게, 철저하게 받는 편이 차후 바뀐 세상에서 최고의 실리를 얻는 길일 테니까요."

그것이 이진하가 택한 마황성의 생존 방식이었다.

당연하게도 어김없이 비난이 쏟아져다.

"이 천하에 죽일 배신자들아! 고작 네놈들 목숨 줄 연명하자고 수천수만 동도들의 등에 칼을 꽂았단 말이냐!"

"이 버러지보다 못한 것들! 네놈들이 그러고도 정녕 사람이라 할 수 있느냐!"

마황성에 대한 배신감에 향후 정국에 대한 절망이 더해져 여기저기서 분기탱천한 목소리들이 터져 나왔다.

그 와중에도 해천은 눈앞에 벌어진 암담한 상황을 냉정히 바라보고 있었다. 그러다 이진하에게 물었다.

"어찌하여 마황성만 온 것이냐?"

마황성이 흑지의 수족이 되어 선봉에 섰다는 것은 이미 짐작하고 있었다. 이왕 중원 무림을 등지기로 한 이상, 보다 큰 실리를 위해 더 많은 전공을 세우고자 선봉을 자처했음도 짐작할 수 있었다.

하지만 단지 선봉이라고 하기에는 석연찮은 구석이 있었다.

무엇보다 부대 간의 간격이 너무 컸다.

이틀의 거리라면 그건 선봉이 아니라 전담이라고 봐야 맞았다. 마황성이라면 능히 무당파를 상대할 힘이 있었다. 흑지의 대군까지 이곳으로 달려올 이유가 전혀 없었다.

그렇다면 대체 흑지의 대군은 어디로 향하고 있단 말인

가?

"설마……."

불현듯 스치는 생각에 해천이 눈을 부릅떴다.

그런 해천을 보며 이진하가 묘한 미소를 머금고는 어깨를 으쓱해 보였다.

"이제야 상황 파악이 좀 되시나요?"

"하면 정녕 흑지가 향하는 곳이……."

"화산이죠."

"……!"

"화산에 모인 자들이 벌써 일만을 넘었다더군요. 중원에서 의기를 가진 자들 모두가 화산으로 향하고 있다고 해도 과언이 아닐 테죠. 반대로 그들만 사라지면 앞으로 흑지를 향해 칼을 세울 자는 아무도 없게 된다는 뜻이기도 하구요."

"……."

"해서 흑지의 군주는 흑지의 본진을 향해 천명했어요. 단 한 명도 남기지 말라고. 모조리 몰살시켜서 이 땅 위에 새로이 흑지의 천 년 대계를 세울 것이라고."

무미건조하게 흘러나오는 담담한 어조 속에 아극소의 확고하고 잔혹한 의지가 고스란히 전해져 왔다.

그야말로 심장이 덜컥 내려앉는 기분이었다.

머리를 망치로 한 대 얻어맞은 듯한 충격에 정신마저 아찔해져 왔다.

도문의 멸문부터 사천 당문, 청성, 거기다 소림까지……. 정공보다는 기습을 통해 아군의 손실을 최소화해 온 흑지의 파격 행보를 떠올려 보자면 거창하게 소문까지 내며 무당을 치러 온다는 것이 오히려 이상한 일이었다.

그런데도 이상하다 생각지 못했다.

흑지라는 이름에 압도되어 당장 눈앞의 상황에만 몰두해 버렸다. 그저 무당을 본보기로 삼아 무림에 공포를 심어 주려는 것일 거라고만 단순하게 판단해 버렸다.

지금 화산도 마찬가지일 터였다.

아무런 방비도 되어 있지 않을 것이다.

그들 또한 흑지의 잔혹한 속내를 전혀 짐작하지 못한 채 그렇게 방심하고 있을 것이 분명했다.

철저히 대비하고 준비를 해서 전투에 임해도 역부족인 상황에서 아무런 방비도 못 한 채 흑지의 대군을 맞닥뜨리게 된다면 그 후의 결과가 어떻게 될지는 불을 보듯 뻔한 일이었다.

'이런 패착이…….'

이 한순간의 패착으로 인해 중원 무림은 혹독한 대가를

치르게 될지도 몰랐다.

마음이 급했다.

화산으로 가야 했다.

화산으로 가서 힘을 보태야 했다.

무당파 제자들이 그렇게 얼굴에 조급함을 드러내자 이진하가 가소롭다는 듯 핀잔을 주었다.

"괜한 오지랖들은……. 지금은 남 신경 쓸 때가 아니지 않나요? 당장 댁들 목숨 줄 챙기기에도 바쁠 텐데?"

그 말 그대로였다.

화산을 신경 쓸 겨를이 없었다.

당장 무당파가 상대해야 하는 것은 마황성이었다.

무당파를 쓰러뜨리기로 작정을 한 이상, 오늘 이곳 무당산에 마황성 팔천 성도가 모두 모였다고 해도 그리 틀리지 않을 것이다.

마황성은 단일 문파로 구대문파와 어깨를 나란히 하는 무림사세였다. 승리를 장담할 수 없다. 아니, 객관적인 전력상 무당파의 절대적인 세 불리였다. 이진하의 말대로 화산을 걱정하기 전에 당장 무당파 제자들의 목숨 줄부터 챙겨야 할 판이다.

그러나 작금의 상황은 생존이 목적이 될 수가 없다.

이곳에서 마황성의 공격을 막아 낸다고 하더라도 어차

피 화산이 무너지면 중원 무림도, 무당도 그것으로 끝이었다.

뚫어야 했다.

이것저것 재고 따질 여유가 없다. 무슨 수를 쓰더라도 발목을 잡고 있는 마황성의 손을 뿌리치고 화산으로 달려가야 했다.

“제자들은 듣거라! 정과 마는 처음부터 같은 하늘을 이고 살아갈 수 없는 것이 마땅한바, 정과 협을 위해 지금부터 탕마멸사를 천명하니 단 한 명도 살려두지 마라!”

“와아아아아아아아아!”

해천의 일갈과 동시에 전쟁이 시작되었다.

팔천 대 이천.

수적으로는 마황성이 무당파를 압도했다.

하지만 장문인 해천이 선봉에 선 무당파는 강했다. 비록 그 수는 이천에 불과했지만, 삼대제자조차 검기상인의 경지에 올라 검기를 자유자재로 뿌려 댈 만큼 하나하나가 능히 고수라 부를 만한 실력을 가지고 있었다.

무림의 태산북두라는 명성은 과연 명불허전이었다.

물론 그렇다고 마황성이 밀리는 형국은 아니었다.

마황성 또한 무림사세의 위용을 보여 주며 그 잔혹한 손속으로 무당파를 몰아붙이고 있었다.

팽팽한 싸움이었다.

어느 한쪽도 물러섬이 없이 치열하게 맞섰다.

그러나 무당파는 조급했고 마황성은 느긋했다.

전세는 팽팽했지만 그렇게 시간이 흘러가면 갈수록 압박을 받는 것은 무당파였다.

한시라도 바삐 화산으로 달려가야 하는 무당파 입장에서는 이렇듯 마황성에 발목이 잡혀 허비되는 시간이 그저 답답할 노릇이었다.

그렇게 하루가 가고 이틀이 지났다.

뾰족한 대책도 없이 무심히 흘러가 버리는 시간을 넋 놓고 지켜보는 가운데 다시 사흘이 지나고 나흘이 갔다.

그리고 무림에 소식이 전해졌다.

화산에 결집한 일만 칠천 명의 의기지사 중 일만 이천이 흑지의 대군에 짓밟혀 목숨을 잃었고, 무참히 자행되는 살육과 무의미한 죽음들을 더는 보다 못한 화산 장문인 단학영이 그 손으로 직접 화산파 장문령부인 매화검령을 흑지의 군주 앞에 바쳤다는 것이었다.

그렇듯 더할 수 없이 참담한 소식은 당연히 무당파에도 닿았다.

그때까지만 해도 마황성과 건곤일척의 혈투를 벌이던 무당파에게 화산으로부터 전해진 소식은 그야말로 청천

벽력이나 다름없었다.

화산을 짓밟은 흑지의 대군이 그 여세를 몰아 무당파로 달려오고 있다는 소식은 분노로 들끓던 사기에 찬물을 끼얹었다.

끝이었다.

고립무원.

무당산 위로 한숨과 탄식이 내려앉았다.

그리고 무당파에 남은 것은 선택의 기로였다.

다시 의사청 안에 모인 장로들의 표정은 바닷속 깊은 심연보다도 더 깊게 가라앉아 있었다. 그들의 어깨에 내려앉은 절망은 억만 근의 바위보다도 무거웠고 침묵 속에 만들어진 정적은 무덤 속보다 고요했다.

그 속에서 해천이 긴 침묵을 깨뜨렸다.

"다들 아시다시피 흑지의 본대가 내일이면 이곳에 당도한다고 하오."

그렇게 운을 뗀 해천이 좌중을 둘러보며 말을 이었다.

"이제 우리에게 주어진 길은 두 가지외다. 하나는 소림과 같이 죽기로 싸워 활로를 뚫는 것이고 다른 하나는 화산의 뒤를 따르는 것."

"화산의 뒤를 따르는 것이라면…… 설마 자반죽간을

놈들에게 내준다는 말씀입니까?"

"안 됩니다! 절대로 불가한 일입니다, 장문인!"

아니 될 말이다.

그것만큼은 절대로 있을 수 없는 일이다.

"여기서 장문령부를 놈들에게 내준다는 것은 무당파의 미래마저도 놈들에게 내준다는 의미입니다. 놈들은 장문령부를 구실로 삼아 무당파의 수족을 묶으려 할 것입니다. 그리되면 무림의 동도들은 무당파가 의기를 버렸다 욕할 것인데, 그리해 살아남아 본들 그런 무당파에 미래가 과연 존재하겠습니까?"

"하나 이미 소림사가 무너졌고 화산파는 매화검령마저 넘겼소이다. 검문은 종적을 감췄고 마황성은 중원 무림을 향해 배역(背逆)의 칼을 들었소이다. 이처럼 무림사세가 처참히 몰락했는데 중원 무림에 과연 미래가 있겠소이까? 중원 무림에 미래가 없는데 무당파의 미래가 과연 존재할 수 있겠소이까? 설혹 그렇게 무당파가 살아남은들 그것이 또한 무슨 의미가 있겠소이까?"

"하오나 자반죽간을 내준다면 무당파가 잃게 되는 것은 비단 미래만이 아닙니다. 무당파의 지금과 또한 오랜 시간 굳건히 지켜 온 역사와 그 고결한 명예마저 모두 오물통에 쑤셔 박는 것입니다!"

"이 사제의 말이 옳습니다. 이는 두 번 언급할 가치도 없는 일입니다. 더구나 지금 무당파의 처지는 화산파와는 또 다릅니다. 화산파는 화산에 모인 무림의 마지막 의기를 지키고자 하는 명분이라도 있었지만 지금 우리에겐 그 작은 명분조차도 없습니다. 그저 제 목숨 하나 구하고자 하는 비겁함일 뿐입니다. 그렇게 비겁하게 살아남아 세상의 조롱거리가 될 바에야 차라리 소림처럼 무당산을 버리고 죽기로 싸워 길을 뚫어야 합니다!"

"무슨 수로 길을 뚫는단 말이오? 당장 마황성의 포위조차 벗어나지 못하고 있는 판국에 이제 내일이면 흑지의 대군까지 들이닥칠 텐데, 과연 그것이 가능할 거라 보시오?"

"그래도 싸워야 합니다! 백 명, 아니, 열 명, 아니, 단 한 명의 제자만이 살아남더라도 그 한 명이 언제고 무당파의 미래를 열어줄 것입니다!"

"설혹 모든 제자가 이곳에 뼈를 묻게 되더라도 상관없습니다. 우리가 남긴 의지가, 혼이, 그 뜻이 분명 다시 무당파를 일으켜 세울 것입니다!"

의사청 안의 공기가 뜨거워졌다.

이곳에 모인 장로들의 눈빛은 누구 하나 다를 것 없이 치열하고 단호했다.

그런 장로들의 눈을 하나하나 마주해 가던 해천이 이윽고 고개를 끄덕였다.

"좋소이다. 여러 장로들의 뜻이 그러하다면 목숨으로 길을 열겠소이다. 그리고 그 길은 응천이 될 것이외다!"

순간 장로들이 의아한 눈으로 해천을 보았다.

"장문인, 지금 응천이라 하셨습니까?"

응천은 동북 방향으로 나 있는 길이었다.

"응천은 사방이 열려 있어 다수의 적을 상대하기엔 적합지 않은 곳입니다. 우리가 응천으로 길을 잡는 순간 그 즉시 마황성이 길을 포위하고 공격해 올 것인데……."

"하나 흑지의 본대가 당도하기 전에 이곳을 벗어나려면 응천밖에 없소이다."

"하오나 이는 위험이 너무 큽니다."

"어차피 그만한 위험을 감수하지 않고서는 만 하루도 되지 않는 시간에 겹겹이 쌓인 마황성의 포위를 벗어나기란 불가능한 일이외다. 조금 전 장로님들이 말씀을 하지 않으셨소? 단 한 명의 제자라도 살려서 무당파의 미래를 열자고. 하니……."

잠시 말을 끊은 해천이 좌중을 둘러보며 그 어느 때보다 무거운 어조로 한 자, 한 자 피를 토하듯 말했다.

"그러니 죽어 주시오!"

"……."

"무당파의 미래를 열기 위해서! 나 또한 기꺼이 그 길을 함께할 것이오!"

죽어 달라.

기꺼이 같이 죽을 것이다.

자반죽간을 내주네 마네 했지만 진정으로 해천이 말하고자 하는 것은 바로 그것이었다.

모두가 살 수 있는 방법은 없다.

희생을 최소화할 방법 또한 없다.

단 하나 무당파의 명맥을 이을 수 있는 방법이 있다면 그것은 이곳에 모인 무당파의 기둥들이 거름이 되고 양분이 되어 어린 새싹들에게 미래를 열어 주는 것뿐이다.

"아마도 오늘이 지난 후 무당파가 다시 옛 광영을 찾는다 해도 그건 아득히 먼 훗날의 일일 것이오. 적어도 우리 늙은이들의 수명이 다하기 전까지는 무리일 테지요. 그러니 살고자 하지 마십시다. 하나가 살면 무당파의 미래가 십 년이 늦어질 것이고 둘이 살면 백 년이 늦어질 것입니다. 그러니 우리 모두 이곳에서 죽어 우리의 후대가 무당파의 이름으로 보다 굳건히 다음 세상을 마주할 수 있도록 나와 같이 죽어 주시오."

해천의 마음을 이 자리에 모인 그 누구인들 모르겠는

가.

백 마디 말이 필요 없었다.

해천의 눈빛 하나에 그 절절한 마음이 고스란히 담겨 있었다.

"그리하겠습니다. 무당파를 위한 일에 어찌 이 하찮은 목숨을 아까워하겠습니까. 하나! 무당파의 미래를 여는 것은 저희가 하겠습니다. 그러니 장문인께선 살아남아 그 미래를 지켜주십시오!"

"그렇습니다! 장문인이 아니면 누가 있어 무당파를 이끌겠습니까?"

"저희는 기꺼이 죽을 것이니 장문인께선 후대를 위해 욕되이 살아남아 주십시오!"

그랬다.

모두의 마음이 잡것 하나 없이 하나가 된 지금, 기꺼이 죽는 것은 쉬워도 욕되이 살아남는 것은 어렵다.

그 어려운 길을 그들은 해천에게 강요하고 있었다. 또한 이는 무당 장문인 해천의 마땅한 소임이었다. 하지만 해천은 고개를 저었다.

"무당파를 다시 일으켜 세우는 것은 내 몫이 아니외다. 늙고 고리타분한 이 몸은 처음부터 새롭게 시작해야 하는 새로운 무당파에는 어울리지 않소이다. 다행히 우리 다음

대의 무당파에는 다음 대를 책임질 충분한 역량을 가진 아이가 있지 않소이까?"

그게 누구인지는 굳이 물을 필요가 없다.

진현.

"그 아이라면 능히 그 무거운 짐을 짊어질 수 있을 것이외다."

*　　*　　*

'안 됩니다!'

진현은 속으로 그렇게 외쳤다.

스승이, 사백이, 사숙이 죽겠다고 한다. 그런데 자신에게는 살아남으라 한다.

죽기는 쉬워도 욕되이 살아남는 것은 그에게도 어려운 일이었다.

하기 싫은 일이었다.

하지만 그 말을 입 밖으로는 내뱉지 못했다.

스승이 지금 어떤 마음으로 자신에게 이 같은 참담한 요구를 하는지 알기 때문이다.

무엇이 진정으로 무당파를 위하는 길인지, 무당파를 위해 자신이 해야 할 일이 무엇인지, 사문의 어른들이 죽음으로 지키고자 하는 것이 무엇인지 너무도 잘 알고 있었다.

지금 그가 할 일은 같이 죽는 것이 아니라 그들의 뜻을 받드는 것이었다.

설혹 그것이 비겁함일지라도, 자책과 죄스러움에 괴로워하며 그렇게 평생을 고통 속에 살게 될지라도.

그리해 진현은 피눈물을 삼키며 스승 앞에 머리를 조아렸다.

"명…… 받들겠습니다."

무당파의 마지막 싸움은, 아니, 중원 무림의 마지막 일전이 될지도 모르는 싸움은 그렇게 시작되었다.

제3장

변해 버린 세상, 그 속에서

여긴 어딜까?

무거운 눈꺼풀을 들어 올렸다.

흐릿한 시야에 눈을 몇 번 깜빡여서 초점을 잡자 먼저 공허하고 탁한 천장이 보였다. 이어진 것은 옆구리에서 전해져 오는 극심한 통증이었다.

하지만 그 지독한 고통보다도 먼저인 것은 걱정이었다.

'소림사는 어떻게 되었을까?'

소림사와 흑지의 일전이 본격적으로 시작되던 그때, 억지로 부여잡고 있던 정신을 끝끝내 놓치고 말았다. 때문에 그 이후의 상황에 대해서는 전혀 기억이 없었다.

하지만 당시의 상황이 소림에 절대적으로 불리했던 것만은 분명했다.

쉽사리 그 위기를 벗어나지 못했을 것이다.

과연 얼마나 살아남았을까?

혜광은?

금천우는?

그나마 긍정적으로 생각해 볼 수 있는 것은 자신이 아직 살아 있다는 점이다.

짐짝이나 다름없던 자신이 살아 있을 정도니 어쩌면 생각보다 훨씬 더 많은 사람이 살아남았을지도 모른다.

그러한 기대를 부여잡고 상체를 일으켰다.

그런데 무겁다.

옆구리에서 전해져 오는 지독한 고통도 고통이지만, 그 이전에 이상하게 몸에 힘이 하나도 없다.

마치 가위에라도 눌려 있는 것처럼 무겁고 무기력하다.

그나마 시간이 지남에 따라 몽롱하던 정신이라도 차츰 맑아지고 있었기에 망정이지 그게 아니었다면 아직도 잠결이라 착각했을 것이다.

한데, 그렇게 아등바등하며 힘겹게 상체를 일으켜 세웠을 때였다.

마침 방문이 열리며 반가운 얼굴 하나가 고개를 내밀었

다.

"호오! 드디어 깨어났구만. 이대로 황천길 가는 건 아닌가 걱정했는데…… 그래도 죽지는 않을 모양이야."

얼굴 가득 반가운 기색을 띤 사내는 다름 아닌 금천우였다.

금천우의 무사한 모습을 보니 그 역시 반가웠다. 하지만 반가움을 나눌 겨를도 없이 궁금한 것부터 물었다.

"소림은 어찌 되었습니까?"

천풍의 물음에 금천우가 뭘 그리 당연한 걸 묻냐는 듯 툭 내뱉었다.

"그야 다 뒈졌지."

"다 죽었다니……. 하면 한 명도 살아남지 못했다는 말씀입니까?"

"아니, 말이 그렇다는 거지. 설마하니 몰살이야 당했을까."

"하면……?"

"부상자까지 합쳐서 생존자가 한 이백 남짓 됐을 거야."

"이백 남짓이라니…… 그렇게나……."

"무슨 소릴 하는 거야? 그나마 내가 도제 그 늙은이의 손발이라도 묶었기에 망정이지 그렇지 않았다면 단 한 명도 숭산을 빠져나오지 못했을 거야. 그래도 그 와중에 혜광, 그 어린 땡초 놈은 무사했으니까 그놈 걱정은 안 해도 돼."

천풍의 마음을 읽었는지 금천우가 그렇게 안심을 시켰다.

하지만 그것만으로는 천풍의 얼굴에 드리운 근심이 사라지지 않았다.

"그렇잖아도 흑지의 기세가 등등한 상황인데 소림마저 무너졌다면 그거야말로 큰일이 아닙니까?"

"큰일이야 이미 벌어졌는데, 뭘……."

천풍의 굳은 얼굴을 보며 금천우가 새삼스럽지도 않다는 듯 그렇게 말했다.

"큰일이 이미 벌어졌다니……. 그게 무슨 말씀입니까?"

"네 녀석이 지금 얼마 만에 정신을 차린 건지 알고는 있는 거냐?"

"……?"

"도제 그 늙은이의 일수를 그렇게나 정통으로 맞았는데 고작 한나절 만에 이만큼이나 움직일 수 있게 되었을 거라 생각하는 거냐?"

그러고 보니 그랬다.

옆구리에선 여전히 정신을 아찔하게 할 정도의 통증이 느껴지고 있었지만 일격을 당했던 그 순간에 비하면 상태가 한결 좋아져 있었다. 몸이 유난히 무겁고 무기력한 것도 상처 때문이라기보다는 뻐근함과 피로감에 더 가까웠다.

"하면 대체 제가 얼마나……?"

"오래됐지. 그 사이 세상이 바뀔 만큼."

"세상이 바뀌었다면……?"

"화산이 매화검령을 바쳤고 무당파가 더 이상 무당파가 아니게 되었지. 생존자가 얼마인지조차 확인이 불가할 정도로 참혹하고 가혹하게 유린당했다고 하더군."

어디 그뿐이랴. 그것이 흑지가 아닌 마황성과의 일전이었기에 중원 무림이 받은 충격은 소림이 무너졌을 때와는 또 달랐다.

그 참혹했던 전쟁을 가슴 졸이며 지켜보았던 각 지역의 군소문파들이 누가 먼저랄 것도 없이 일제히 흑지를 향해 무릎을 꿇었으니, 그야말로 중원 무림이 흑지 비사천문을 향해 백기를 들었다고 해도 과언이 아닐 지경이었다.

살아남기 위해 자존심도 자부심도 버렸다.

그리해 남은 것은 분노마저 잃어버린 절망이었고 의와 협에 무감각해져 버린 일상이었다.

그것이 천풍이 정신을 잃고 있는 동안에 변해 버린 세상이었다.

마치 남의 일인 양 금천우의 입에서 무미건조하게 흘러나오는 이야기들에 천풍은 그저 멍하기만 할 뿐이었다.

도무지 실감이 나지 않았다.

그런 와중에도 걱정은 되었다.

“하면 저희 현천문은 어떻게 되었습니까?”

흑지의 입장에서 보면 천풍과 현천문은 흑지의 주적이라 해도 과언이 아니었다. 그의 손에 흑지 고수 사천 명의 피를 묻혔고 소림에서는 흑지의 앞을 가로막고 도제와 일수를 겨루기까지 했다. 천하를 잡은 흑지가 현천문을 가만히 내버려 둘 리가 없었다.

“무당파가 그렇게 멸문에 가까운 화를 당하고 중원 무림은 두 부류로 갈라졌지. 앞서 말한 대로 흑지에 무릎을 꿇고 목숨을 구걸하는 문파와 후일을 기약하며 어딘가로 몸을 숨긴 문파. 현천문은 후자였다. 하긴, 다른 방법이 없었던 거지. 흑지와 현천문은 한 하늘을 이고 살 수 없는 불구대천의 원수나 진배없는데 투항해 본들 목숨을 부지할 수 있으리란 보장도 없으니까.”

“하면 어디서 어떻게 지내고 있는지도 알 수가 없는 겁니까?”

현천문의 문도들도 걱정이지만 무엇보다 거기에는 자신의 친혈육인 항아도 같이 있었다.

"우리 검문도 일단 몸을 숨긴 마당이라 눈과 귀가 그리 밝지가 못해서 말이야."

"검문도 흑지를 피해 숨었단 말입니까?"

"당연하지. 내 새끼들이라고 목숨 줄이 몇 개씩이나 달린 것도 아니고, 네 녀석 구하느라 내 손에 묻힌 놈들의 피가 얼만 줄이나 알아? 흑지 놈들이 눈에 불을 켜고 찾고 있는 건 현천문만이 아니라고."

"……."

"아무튼 지금 무림은 네 녀석이 상상하는 것보다 훨씬 더 흉흉해. 앞으로는 더더욱 흉흉할 거고. 이럴 때는 그저 무소식이 희소식인 거니까 괜한 걱정 말고 몸이나 잘 추스르도록 하라고."

"아닙니다. 세상이 그렇게 흉흉하다면 한시라도 빨리 돌아가서 현천문 형제들을 지켜야죠. 그래도 제가 현천문의 문주인데……."

천풍의 조급한 말에 금천우가 가당치도 않다는 듯 콧방귀를 꼈다.

"지금 네 몸 상태나 알고 하는 말이냐? 그 망령 난 늙은이의 일수가 온 내장을 다 들쑤셔 놓았는데, 이런 몸 상태로 누가 누굴 지켜?"

금천우의 말 대로였다.

굳이 상처를 다시 살펴보지 않더라도 금세 좋아질 몸 상태가 아니란 것쯤은 쉽게 알 수 있었다.

"괜한 오기 부릴 생각 말고 지금은 몸조리에만 신경을 써."

더구나 아직은 움직일 때가 아니었다. 흑지의 눈과 귀가 온 천하를 다 뒤져 불온한 자들을 색출하고 있었다. 이대로 현천문과 합류해 봐야 도움이 되기는커녕 오히려 표적이 돼서 현천문 문도들을 더 곤란케 할 뿐이었다.

그 같은 상황을 전해 들은 천풍은 결국 금천우의 말에 따르기로 했다.

물론 마음은 편치 않았다.

현천문도 걱정이 되고 진현의 생사 여부도 걱정이 되었다. 전날 그렇게 헤어진 추도향도 궁금했다.

하지만 지금은 감정에 치우쳐 무모하게 움직일 때가 아니었다.

무엇보다 역시 몸 상태가 너무 안 좋았다.

시간을 두고 치료에 전념을 하면 할수록 도제에게 당한 일격이 얼마나 깊었는지 가슴 서늘할 정도로 깨닫게 될 뿐이었다.

그야말로 살아 있는 게 기적일 지경이었다.

골수에까지 파고든 화기는 나날이 고통을 더하는데 뒤틀리고 상처 난 내장은 좀처럼 회복될 기미를 보이지 않았다. 그리해 겨우 거동을 할 수 있게 되기까지 두 달이 걸렸다. 그리고 그로부터 다시 두 달 후, 마침내 천풍은 현천문을 찾아 길을 나섰다.

*　*　*

흑(黑).

천풍은 거리 곳곳, 주루며 상점이며, 심지어 병자를 치료하는 의원에까지 붙어 있는 흑이라는 표식의 깃발을 보며 새삼 변해 버린 세상을 실감했다.

'세상이 바뀌긴 바뀐 모양이군.'

불과 반년도 되지 않는 사이에 흑지의 존재가 이렇게나 깊이, 그리고 광범위하게 중원 무림을 잠식해 버린 것이 눈으로 보면서도 온전히 받아들여지지가 않았다.

동릉으로 가는 배를 구하기 위해 포구에 이르러서 천풍은 다시 한 번 달라진 세상을 실감해야 했다.

"거기 잠깐 서 보시오."

포구 앞을 지키던 두 명의 흑의 무사였다.

왼쪽 가슴에 만(萬)이라는 표식을, 오른쪽 가슴에는 흑(黑)이라는 표식을 달고 있는 것으로 보아 흑지에 복속한, '만' 이라는 표식을 가진 어느 문파의 무사들인 것 같았다.

포구 앞에 무사들이 왜 경비를 서고 있는지 의아해하는데, 천풍의 앞을 막아서서는 오만한 눈으로 천풍의 위아래를 살피던 무사들이 그 눈빛만큼이나 오만한 말투로 툭 던지듯 물었다.

"척 보아하니 무림인 같은데…… 어딜 가는 길이시오?"

얼굴 생김은 샌님처럼 생겼지만 다른 사내들보다 머리 하나는 더 큰 천풍이다. 그만큼 기골이 헌헌하니 한눈에 무림인이라 파악하는 것은 그리 놀랄 일이 아니었다.

"동릉으로 갑니다만……?"

"동릉? 하면 통행 허가증 좀 보여 주시겠소?"

"통행 허가증?"

무슨 소린가 싶었다.

통행 허가증이라니?

지금껏 장강을 건너면서 그런 게 필요했던 적은 한 번도 없었다.

헌데, 천풍이 어리둥절해하자 오히려 두 무사가 더 어

이없어하며 묻는다.

"하면 통행 허가증도 없이 강을 건너려 했단 말이오?"

"……?"

옥문관을 넘어 새외로 나가는 것도 아니고, 그저 장강을 건너려는 것뿐인데 허가증이 대체 웬 말인가?

천풍이 그렇게 황당해하며 다시 물으려는데, 그 순간 뒤에서 다급한 목소리가 들려왔다.

"어이쿠! 도련님! 허가증도 안 챙기고 가시면 어찌합니까요!"

이건 또 무슨 일인가 싶어 돌아보니 웬 청년 하나가 그에게로 달려와서는 서류 하나를 건넨다.

천풍이 얼떨결에 그것을 받아 들려는데 흑의 무사 하나가 대뜸 그것을 낚아채서는 서류를 살폈다.

무사가 서류를 살피는 중에도 그 청년은 이해 못 할 말을 떠들어 댔다.

"어휴! 길도 잘 모르시는 분이 허가증도 안 챙기시고……. 도련님께서 이렇게 허술하시니 마님께서 그렇게 걱정을 하시는 것이 아닙니까요. 요즘 세상이 얼마나 흉흉한데……. 정신 바짝 안 차리면 큰 화를 당하는 세상이란 말입니다요."

너무 난데없고 황당한 상황이었다.

해서 어떻게 반응해야 할지조차 몰라서 멀뚱히 서 있는데, 무사가 천풍에게로 서류를 돌려준다.

"흠…… 섬서 석가장의 도련님이셨군. 강호 초출이신가?"

아무리 이 상황이 황당하다 해도 옆의 청년이 지금 자신을 도우려 한다는 것 정도는 눈치로 알 수 있었다. 그리고 여기선 그저 고개를 끄덕이는 것이 현명한 일이라는 것도.

"예. 뭐……."

"허가증에도 이상이 없고, 석가장이라면 뭐 특별히 문제 될 일은 없을 것 같으니 이만 가 보시오."

무사들의 말이 끝나자 기다렸다는 듯이 청년이 천풍의 팔을 잡아끌었다. 그렇게 무사들의 시야에서 벗어났을 때쯤 청년이 말했다.

"혹시 현천문의 파천대협 소 문주님이 아니십니까?"

은근한 어투로 건네 오는 청년의 물음에 천풍이 흠칫하며 물었다.

"누구십니까?"

천풍의 반문에 청년이 그럴 줄 알았다는 듯 크게 고개를 끄덕이고는 대답했다.

"소인은 서인찬이라 합니다. 서(西) 만(晩) 자 경(景) 자쓰시는 분이 제 아버님 되십니다."

'서만경…….'

"아! 서안상단의 단주님 말씀입니까?"

"정확히는 전(前) 단주님이시죠."

서안상단의 서만경이라면 서안상단을 현천문에 복속시켜 현천상단을 만든 현천상단의 현(現) 단주였다.

여기서 그 이름을 듣고 보니 실로 반가웠다.

그의 아들과는 첫 대면이지만 그럼에도 마치 오래 사귄 벗처럼 느껴질 정도였다.

"서 단주님께선 안녕하십니까? 사실 그렇잖아도 걱정이 되던 참이었습니다. 현천문과 관련해서 상단분들이 크게 고초를 겪지나 않으셨는지……."

"예, 다들 무사하십니다. 무당파가 무너진 그 날 바로 흑지에 복속을 청했으니까요."

"예?"

"무엇보다 실리가 더 우선인 상인이니까요. 문주님은 생사가 불분명한 상황이고 세상은 이미 흑지의 것이 되었으니 망설일 이유가 없었죠. 문주님 말씀대로 지체했다가는 현천문과 관련해서 목숨마저 위태로울 수가 있으니……."

뭔가 다행이다 싶으면서도 뒷맛이 씁쓸한 것 또한 어쩔

수 없었다.

"하지만 그렇다고 문주님과의 의를 저버린 것은 아닙니다. 그렇게라도 살아남아 있어야 언제고 필요할 때 문주님과 현천문을 도울 수 있을 테니까요. 그게 무림인들과는 다른, 우리 장사치들의 의리입니다."

그렇다고 현천상단이 무사했던 것만은 아니었다.

처세가 빠르긴 했지만 현천문이라는 꼬리표는 무거웠고 그로 인해 상단의 기반을 상당 부분 잃었다.

천풍이 이곳으로 오는 동안 보았던 상점과 주루에 꽂혀 있던 흑지의 표식만 보아도 그 피해가 어떠했는지는 충분히 짐작할 수 있었다.

"그런데 저는 어떻게 찾으셨습니까?"

"그래도 대륙상권의 칠 할 이상을 독점했던 현천상단입니다. 알려진 소문과는 달리 문주님께서 생존해 계실 확률이 높다는 것쯤은 어렵지 않게 파악할 수 있었죠. 문주님이 살아 계시다면 당연히 현천문을 찾아가실 테고 그럼 마땅히 이곳 포구로 오실 것이 자명한 일. 해서 상단의 눈이 항시 이곳을 살피고 있었습니다. 문주님의 인상착의와 비슷한 자가 려강을 지났다는 소식을 듣고 이렇게 부랴부랴 제가 달려온 것이구요. 혹시나 몰라 허가증을 준비해 둔 것이 다행이었습니다. 그렇지 않았다면 괜한 분란이 생길 뻔했습니다."

"한데 허가증이란 게 대체 뭡니까?"

"무당파가 그렇게 무너진 후 중원 무림이 단번에 흑지에 집어삼켜졌지만 그래도 아직 뜻을 굽히지 않고 저항하는 세력이 적지 않습니다. 더구나 흑지로서는 현천문과 검문, 소림과 무당의 생존자들도 부담이 될 수밖에 없는 상황이죠. 불온한 세력의 구심점이 될 수 있으니까요. 그래서 무림인들의 통행을 철저히 감시하고 있는 겁니다. 검문과 현천문의 지지기반인 강남 무림에 대해서는 그 통제가 특히나 더 심하구요. 허가증은 그러한 차원에서 준비된 겁니다. 각 지역의 지부를 통해 허가증을 발급받지 못하면 무림인들은 그 누구도 강을 건널 수 없게끔 통제되고 있습니다."

그제야 조금 전의 상황이 이해가 된다.

바뀐 세상이 한층 더 피부에 와 닿기도 한다. 그래서 걱정과 기대를 담아 물었다.

"그럼 혹시 현천문의 소식은 알고 계십니까?"

자신을 이토록 간단히 찾아낼 정도로 현천상단의 눈과 귀가 건재하다면 현천문의 소식도 혹시 알고 있지 않을까 싶었다.

아니나 다를까, 서인찬이 고개를 끄덕였다.

"대강은 알고 있습니다."

"어디에들 있습니까?"

"지금 현재는 흑지의 눈을 피해 모두들 뿔뿔이 흩어진 상태입니다. 다행히 현천문의 문도들 개개인이 세상에 그리 알려지지는 않아서 큰 위험 없이 다들 잘 지내고 있다 들었습니다."

"관 부문주님의 소식도 알고 계십니까?"

"자칫 위치가 발각되기라도 하면 큰일이기에 상단에도 알리지 않으셨습니다. 게다가 장강 이남은 지금 워낙에 흑지의 경계가 삼엄해서 정확한 위치까지는 파악하지 못하고 있습니다."

"하면 대략적인 위치라도 알고 계십니까?"

"다른 원주님들과 더불어 소흥의 어딘가에 계시다는 소식을 듣기는 했는데 그마저도 정확한 것은 아닙니다."

"소흥……."

문득 짐작 가는 바가 있었다.

'청무도장인가?'

소흥의 청무도장이라면 임설아와 임상아 자매, 상무와 사우 등 그리운 얼굴들이 있는 곳이다. 게다가 부문주 관여락과 임설아는 이미 깊은 사이이기도 했다.

청무도장에 숨었든, 아니면 청무도장에서 숨을 곳을 마

련해 주었든 청무도장을 찾아가면 틀림없이 그들의 행적을 알 수 있을 것이다.

절강성으로 길을 잡긴 했지만 정작 목적지를 정하지 못했던 천풍에게 지금 이 순간 확실한 목적지가 생긴 셈이다.

천풍은 그렇게 소흥으로 길을 잡았다.

서인찬이 선뜻 동행을 자처하고 나섰다.

"아버님도 이리하길 원하셨습니다."

익숙한 길이었지만 또한 익숙하지 않게 되어 버린 길이었다. 마다할 이유가 없었다.

그렇게 천풍은 서인찬과 함께 동릉행 배에 올라 장강을 건넜다.

강을 건너면서 서인찬으로부터 궁금했던 여러 가지를 듣게 되었다.

"무당파라면 저희도 정확히 그 소재를 파악하지는 못하고 있습니다. 당시 생존자 수가 대략 사백 정도라 그 수가 적지 않은데도 다들 몸을 잘 숨긴 것 같습니다. 하긴, 수백 년을 중원에서 터를 다져온 문파인데 안전히 은신할 수 있는 곳 하나 없다면 그게 더 이상한 일이겠죠."

"혹시 생존자 중에 진현, 그 친구가 있는지 알고 계십니까?"

"진현이라면…… 무당신룡 말씀입니까?"

"예."

"무당신룡이라면 살아 있습니다. 소림도 그랬지만 신승 혜광과 무당신룡은 그들이 가장 최우선으로 지켜야 하는 그들의 미래니까요. 하지만 그 대가가 컸습니다. 비록 소림에 비해 생존자 수는 많았지만 생존자 수만 많을 뿐 실제 무당파가 받은 타격은 소림과는 비교도 안 될 정도로 컸습니다. 열두 명의 장로와 해천 장문인마저 그날 그렇게 희생되었으니까 말입니다."

"해천 장문인마저 죽었단 말입니까?"

"예. 아직 세상에는 자세히 알려지지 않았지만 저희가 파악한 바로는 틀림없는 사실입니다. 제자들을 한 명이라도 더 살리기 위해 팔천 마황성 고수들의 추격을 최후방에서 다 막아 냈으니……. 애초에 살고자 하는 마음으로 싸운 것이 아니었던 거죠."

'마황성…….'

서인찬의 말에 새삼 이진하의 얼굴이 마음을 무겁게 한다.

도제를 찾아가던 길에 그를 붙잡던 이진하였다.

이진하는 그에게 가지 말라 했고 무사하라 했다.

하지만 그는 이진하의 만류를 뿌리쳤고 또한 무사하지

못했다.

결국 이진하가 경고했던 대로 마황성은 중원 무림으로부터 등을 돌렸다.

그 첫 대가가 바로 무당파인 것이다.

어차피 돌이킬 수 있는 일도 아니고 다시 그때로 돌아간다고 해도 이진하의 손을 뿌리쳤겠지만 어쨌든 그로 인해 무당파가 큰 화를 당했으니 마음이 편치 못한 거야 당연했다.

"그래서 지금 마황성은 어떻습니까? 그 전보다 위상이 더 높아졌습니까?"

"딱히 그렇지도 않습니다."

"그렇지도 않다구요?"

"선봉에 서서 무당파를 친 공이야 크다지만 그 이전에 이미 한 번 배신을 하고 문주님의 손을 잡지 않았습니까? 그 때문인지, 아니면 다른 이유가 있는 것인지 흑지로부터 크게 중용받지 못하고 있습니다. 아니, 중용은커녕 마황성 성도 절반이 흑지에 강제로 복속되어 변방 경계나 보고 있는 실정이죠. 하긴, 흑지의 입장에서 보면 당장이야 자신들의 발밑에 엎드려 있다지만 언제 다시 변심할지 모르는 상황에서 마황성이 온전히 세력을 유지하고 있는 게 껄끄럽기도 했을 겁니다."

"중원 무림 모두를 적으로 돌리면서까지 벌인 일의 대가치고는 너무 초라하군요."

"그래도 뭐, 살아남았지 않습니까? 그때 먼저 흑지의 손을 잡지 않았다면 흑지의 다음 목표는 마황성이 되었을지도 모르니까요. 게다가 중원 무림 모두가 적이 된 것도 아닙니다. 무당파 입장에서야 철천지원수일지 모르지만 어차피 그들의 멸문이야 마황성이 아니었다고 해도 기정사실인 것이고, 게다가 지금은 전 무림이 다 흑지 앞에 무릎을 꿇어 버린 상황이 아닙니까? 누가 누굴 비난할 만한 입장이 아닌 거죠. 마황성 또한 그들과 마찬가지로 살기 위해 목숨을 구걸한 것뿐이니."

만일 중원 무림을 배신하고 무당파를 친 것이 마황성이 아니라 정을 표방한 문파였다면 지금과는 또 달랐을 것이다. 하지만 그것이 마황성이었기에 오히려 그 파장도, 배신감도 적었다. 의도 정도 협도 기대하지 않는 마황성이기에 다들 그러려니 하는 것이다. 실제로, 무림인들이 한잔 술의 안줏거리로 울분을 토하는 주 대상은 마황성이 아니라 화산파였다.

화산에 모인 무림인들의 아까운 목숨을 구하기 위해서라고는 하지만, 구대문파들 중 장문령부를 넘긴 첫 번째 문파였고 청성, 형산, 소림, 무당이 연이어 멸문의 화를 당한 데 반해 화산파는 이렇다 할 피해 없이 온전히 살아남았다.

어쩔 수 없는 일이라 이해는 하면서도 기대가 크고 신뢰가 깊었던 만큼 배신감 또한 큰 것이다.

화산파도 천풍에게 무관한 곳은 아니었다. 도진과 단화영은 그에게도 꽤 깊은 인연이라 할 수 있었다. 그런 만큼 화산파에 대한 부정적인 소식들이 안타까웠다.

"하온데 문주님."

바뀐 세상에 대해 이것저것 설명을 해 주던 서인찬이 불현듯 생각난 것이 있는지 천풍을 불렀다.

"왜 그러십니까?"

"제가 듣기로는 소림사에서 문주님을 구한 것이 검문의 문주 패천일검 금천우라 들었는데 사실입니까?"

"그런데요?"

"아니, 다름이 아니라 저희 상단이 파악한 바로는 검문주가 문주님을 구하고 소림을 도왔다고 하던데, 그게 잘 이해가 안 되어서……."

"……?"

"정파를 표방한다지만 사실 그동안 정과 사, 어느 편에도 서지 않던 검문이 아닙니까? 검문주 금천우는 그보다 더 자유분방한 사람이구요. 여태껏 흑지가 뭘 하든 신경도 안 쓰던 검문주가 소림을 돕고 문주님을 구했다는 게 뭔가 좀 이상하지 않습니까? 물론 무림 정세가 급격히 흑지 쪽으로 기우니 그것을 염려하여 뒤늦게나마 흑지를 견제하고자 함이었을 수도 있지만, 그렇다면 검문을 이끌고 왔어야지 단신으로 소림을 도운 건 더더욱 이해할 수 없는 일이 아닙니까?"

금천우의 그 같은 행동을 의아히 여기는 것은 비단 서인찬뿐만이 아니었다. 눈과 귀가 밝아 대강이나마 숭산에서의 일을 알고 있는 사람들은 누구나가 금천우의 저의를 궁금해했다.

천풍은 씁쓸히 웃었다.

금천우가 소림의 싸움에 끼어든 것은 딱히 어떤 의도가 있었던 것이 아니었다. 그저 구경이나 하려던 것이 자신으로 인해 본의 아니게 휩쓸려 버렸던 것뿐이다.

하지만 그 사실을 있는 그대로 말하자니 왠지 금천우의 면을 깎는 것 같아 대강 얼버무렸다.

"금 문주님은 제겐 은인이자 스승이나 진배없는 분이십니다. 어질 적 연이 닿아 그분께 많은 가르침을 받았었죠. 그분이 저를 구한 것은 고맙게도 그때의 정리를 기억하고 계셨기 때문일 겁니다. 그 외에 그분의 뜻이 어디에 있는지는 저도 잘 모릅니다. 워낙에 속을 알 수 없는 분이시니…….”

“음……. 문주님과 검문주 사이에 그런 깊은 인연이 있는 줄을 미처 몰랐습니다. 하면 혹시 숭산에서의 일이 있고부터 지금까지 그분과 같이 계셨습니까?”

“예. 고맙게도 그분께 매일같이 추궁과혈을 받아 내상을 치료했기에 망정이지 그렇지 않았다면 저는 아직도 병석에 누워 있었을 겁니다.”

“한데 그분은 지금 어디에……?”

“열흘쯤 전 검문의 제자들을 만나볼 거라며 먼저 길을 떠나셨습니다.”

“그럼 혹시 검문이 어디에 은신해 있는지는 알고 계십니까?”

“아뇨. 그것까지는 듣지 못했습니다.”

“따로 금 문주님과 연락할 방법은요?”

“아뇨. 딱히…….”

“하면 금 문주님과는 어떻게……?”

“워낙에 신룡 같은 분이시라……. 그분이 먼저 저를 찾기 전에는 제가 먼저 연락할 방법은 없습니다.”

천풍이 고개를 가로젓자 서인찬이 아쉬운 기색을 내비쳤다.

천풍이 의아히 물었다.

"어찌 그러십니까?"

"아뇨. 그냥…… 어차피 흑지와 현천문은 공존할 수 없는 관계가 아닙니까? 문주님께서도 이렇게 무사하시니 언젠가는 흑지와 전쟁을 벌여야 할 텐데 그때를 위해서라도 검문과 연대할 수 있다면 우리에겐 큰 힘이 되지 않겠습니까?"

작금의 무림에서 그 힘을 온전히 보존하고 있는 곳은 검문이 거의 유일하다시피 했다. 어떤 큰 대가를 치르더라도 반드시 검문의 힘을 빌려야 했다. 그런 차에 천풍과 금천우의 인연이 그토록 깊다면 그보다 든든한 것이 없는 것이다.

서인찬이 보이는 그 같은 기대감에 천풍은 씁쓸히 웃었다.

다른 것보다 흑지와는 공존할 수 없다는 그 말이 새삼 지금의 상황을 상기시켰기 때문이다.

그가 이진하의 만류를 뿌리치면서까지 도제를 만나고자 했던 것은 그와 싸우려던 것이 아니었다. 자신의 존재로 인해 삐뚤어진 도제의 마음을 어떻게든 돌려세워 더 이상의 전쟁을 막고자 함이었다.

한데 그러던 것이 뜻하지 않게 도제와 일전을 치르게 되었고 결국 건널 수 없는 강을 건너 버리게 되고 말았다.

이제는 돌이킬 수 없었다.

여기서 멈추기에는 중원 무림이 흘린 피가 너무 많았다.

천풍이, 그리고 현천문이 이 전쟁에서 홀로 발을 빼려 한다면 흑지와 중원 무림 어느 쪽도 이를 용납지 않을 것이다.

천풍에게 주어진 길은 두 가지뿐이었다.

흑지 앞에 무릎을 꿇고 목숨을 구걸하느냐, 아니면 둘 중 하나가 완전히 씨가 마를 때까지 죽기로 싸우느냐.

아무리 중원 무림에 그리 깊은 애정을 가지고 있는 것이 아니라고 해도, 그래도 저 혼자 살겠다고 중원 무림이 흘린 피를 모른 척할 만큼 피가 차갑지는 않았다. 이 모든 사태의 원인이 자신에게 있음을 알고 있는데도 현실에서 눈을 돌릴 만큼 무책임하지도 않았다. 목숨을 구걸한다고 흑지가 살려 줄지 장담할 수도 없거니와 설혹 살려준다 할지라도 그 앞에 무릎을 꿇고 굴욕을 감내할 생각 또한 추호도 없었다.

그랬다.

어차피 답은 정해져 있었다.

천풍은 자신이 원하든 원하지 않든 간에 이미 중원 무

림의 마지막 남은 희망이자 등불이 되어 있었고, 그의 어깨엔 그 무거운 염원들이 생명 줄처럼 간절하게 매달려 있었다.

거부하지 않을 것이다.

회피하지도 않을 것이다.

싸울 것이다.

필요하다면 도제와 다시 한 번 칼을 겨룰 것이다.

금천우로부터 달라진 세상에 대해 들으며 이미 그렇게 결심을 세웠다.

그러자면 서인찬의 말대로 검문의 힘은 절대적으로 필요했다.

그가 어렴풋이 느낀 대로, 그리고 금천우가 짐작했던 대로 도제가 결의 무예를 잃은 것이 확실하다면 그보다 더 좋을 수가 없겠지만, 그것이 만일 일시적인 것이라면 천풍으로서는 도제 하나를 감당하기에도 벅찬 것이 사실이었다. 또한 흑지의 힘은 현천문만으로 감당할 수 있는 수준의 것이 아니었다. 하물며 투항한 중원 무림마저 그들의 방패막이가 되어 있으니 따로 계산해 볼 것도 없이 절대적인 열세의 상황이었다.

"때가 되면…… 굳이 제가 찾지 않아도 그분이 먼저 저를 찾아오실 겁니다."

천풍의 확신에 서인찬이 '어째서?' 라는 눈빛을 보내왔다.

"겉으로는 천하에서 가장 자유분방한 분인 듯 보이지만 제가 아는 그분은 그 누구보다도 철저히 실리적이고 계산적인 분이니까요."

이대로라면 검문의 안위도 위태로워진다는 것을 누구보다도 잘 알고 있을 금천우였다. 이 위기를 벗어날 방법이 현천문과 손을 잡는 것뿐이란 것도 잘 알고 있을 터였다. 그런 금천우가 어쩌면 마지막 일전이 될 수도 있는 순간을 그저 손 놓고 보고만 있을 리가 없었다.

"물론 검문이 돕는다고 해도 강대해질 대로 강대해진 지금의 흑지를 감당하기엔 아직 역부족일 테지만 말입니다."

천풍이 그렇게 말했지만 서인찬의 얼굴에는 대번에 화색이 돌았다.

"지푸라기라도 잡아야 할 판국에 검문은 그야말로 천군만마가 아닙니까?"

그러한 서인찬의 눈길에선 숨길 수 없는 안도와 기대가 고스란히 전해져 왔다.

그만큼 지금 그들의 앞에 놓여 있는 길이 험난하다는 뜻이다. 그런 험난한 상황에서도 이렇듯 자신의 손을 놓지 않고 있는 현천상단의 사람들이 새삼 고맙기도 했다.

그러는 사이 그들을 실은 배는 장강을 건너 동릉 포구에 다다랐다.

배에서 내리고 나니 거기에는 익숙하지만 또다시 낯선 광경이 펼쳐져 있었다.

천풍은 그 즉시 눈살을 찌푸렸다.

그도 그럴 것이 포구의 통로를 막고 사람들의 몸을 수색하고 있는 두 명의 무사가 시야에 들어온 것이다.

"강을 건너기 전에 이미 허가증 검사를 받았는데 왜 또……?"

"말씀드렸다시피 장강 이남에 대한 흑지의 경계가 삼엄합니다. 여기 포구뿐만 아니라 마을로 들어가도 곳곳에 검문을 하는 자들이 배치되어 있는 실정이죠."

이쯤 되고 보니 세상 물정 참 몰랐다는 생각이 들었다. 그리고 서인찬이 옆에 없었으면 어쩔 뻔했나 싶기도 했다.

어쨌든 서인찬의 도움으로 이번에도 무사히 검문을 통과한 천풍은 곧장 절강성으로 향했다. 그 사이 세 차례의 검문을 더 받아 이젠 그런 귀찮음마저 그러려니 하게 된 천풍인데, 절강성에 들어서 으레 다시 검문검색을 받게 된 천풍의 반응이 그 전까지와는 달랐다.

검문검색을 벗어난 직후 천풍이 의아히 고개를 갸웃거리며 물었다.

"저자들…… 혹시 진가장의 무사들이 아닙니까?"

그도 그럴 것이 그를 검문했던 무사들의 가슴에 흑(黑)자와 더불어 낯익은 진가장의 표식이 붙어 있었던 것이다.

"예. 진가장의 무사들입니다."

서인찬의 대답에 천풍이 이맛살을 찌푸렸다.

"강서에 있어야 할 진가장의 무사가 왜 여기 절강성에?"

"지금 절강성은 진가장의 영역이니까요."

"절강성이 진가장의 영역이라구요?"

"예. 물론 어디까지나 아직은 일부 지역에 한정된 거지만요."

천풍은 여전히 이해 안 된다는 얼굴로 서인찬을 보았다.

"제가 알기로 진가장은 강서에서조차 그 기반이 약한 걸로 알고 있는데……."

"그랬었죠. 말이 강서팔문이지 그 강서팔문조차 강서의 패주라고는 할 수 없었으니까요. 하지만 지금은 다릅니다. 현재 진가장은 강서팔문 중 그 위세가 가장 대단합니다. 강서 땅을 좁다 하고 절강에까지 손을 뻗칠 정도로요."

"대체 어떻게요? 진가장에는 장주는 물론이고 그 자식들까지, 그럴 만한 인물이 없는 걸로 아는데……."

"아닙니다. 진가장의 장주 진가오라는 자는 그리 만만한 자가 아닙니다. 무공이나 인성은 강서팔문의 주인 자리에 턱없이 부족한 듯 보이지만 적어도 처세술 하나는 뛰어난 자입니다. 문주님이 소림에서 화를 당했다는 소식이 전해지자 누구보다도 발 빠르게 흑지에 붙었습니다. 이런 말씀을 드리긴 좀 그렇습니다만…… 자신의 여식을 문주님이 음심을 품고 납치해서 능욕했다는 나름의 명분마저 이용해서……."

"예? 그게 무슨……?"

"물론 말도 안 되는 일입니다만 어차피 이를 반론해 줄 문주님은 생사가 불분명한 상황이었고 현천문마저 그 세를 잃었으니……."

"아무리 그렇기로서니 어찌 그런 터무니없는 소리를……."

"사실 여부와는 관계없이 흑지의 신뢰를 얻기에는 그보다 더 좋은 명분도 없으니까요."

"하……."

어처구니가 없었다.

자신은 졸지에 친동생을 능욕한 인간쓰레기가 되어 버린 것이다.

“아무튼 그 말도 안 되는 개소리로 얻은 흑지의 신뢰를 바탕으로 진가장은 장강 이남에서 급속히 세력을 확장했습니다. 흑지 입장에서야 시키지 않아도 알아서 수족같이 움직여주는 데다 스스로 현천문을 적으로 돌린 마당이라 배신을 걱정할 염려도 없으니 진가장의 충성을 굳이 마다할 이유가 없죠. 오히려 장강 이남에 충직한 개 한 마리를 기르는 셈 치고 약간의 힘을 실어 주기까지 했습니다. 그리고 진가장은 그렇게 얻은 흑지의 힘을 이용해 현천문과 내통했다는 누명을 씌워 경쟁 세력을 무참히 쳐 냈고요. 진가장이 단기간에 이렇게 세를 불릴 수 있었던 것도 바로 그 때문입니다.”

그리해 지금은 장강 이남 지역에선 누구도 무시 못 할 신흥 강호로 떠오르고 있는 곳이 진가장이었다.

듣다 보니 더 기가 막힌다.

그런 한편으로 자신의 이름에 누가 된다는 이유로 자식까지 내다 버렸던 지난날을 생각하면 딱히 새삼스러울 것도 없는 일이었다.

진가오를 떠올리는 것만으로도 불쾌한 천풍은 이내 진

가장에 대한 생각은 접고 걸음을 재촉했다.

"소흥으로 바로 가실 겁니까?"

서인찬이 급하게 천풍의 뒤를 따르며 물었다.

"어차피 가는 길이면 서호에 들렀다 가도 별 지장 없을 텐데요."

"건물만 있고 사람은 없는데 굳이 거기엘 들러서 무엇 하겠습니까? 괜히 기분만 상할 뿐이죠."

천풍은 그렇게 서호의 현천문으로 길을 잡지 않고 곧장 소흥으로 향했다.

제4장

청무도장의 위기

소흥은 낯익었다.

거리 곳곳이 익숙했다.

그리움인지 반가움인지, 그 익숙한 정경들이 진가장으로 인해 불쾌했던 마음을 싹 지워 냈다.

그러고 보면 서호의 현천문과는 바로 지척지간이었다. 풍천을 타고 달리면 반나절도 채 걸리지 않을 거리인데 왜 그렇게 소원했는지 모르겠다.

'녀석들은 잘 있으려나?'

상아와 상무, 그리고 진사우의 얼굴이 뇌리에 스쳤다.

임설아의 곱고 당당했던 자태도 머릿속에 그려졌다.

어디까지나 현천문과 누이동생의 소식을 듣고자 함이었지만 그런 것과는 별개로 그들이 보고 싶었다.

그리운 얼굴들을 떠올리자니 자연스레 걸음이 바빠졌다.

하지만 바쁜 걸음으로 도착한 청무도장은 그가 떠나오기 전 보았던 모습과는 사뭇 다르게 변해 있었다.

건물은 그대로였다.

자신의 사비를 투자해 꽤 그럴싸하게 개축했던, 그래서 겉모양만은 어느 문파에 비해서도 전혀 꿀릴 것이 없던 청무도장의 모습 그대로였지만, 그가 떠나오기 전 제자들로 북적대던 그때의 소란스러움은 온데간데없었다. 듣기로는 무림대회에서 사우와 상무가 소년부 우승과 차승이라는 놀라운 성적을 거둔 후로 제자로 들어오겠다는 자들의 발걸음이 끊이질 않았다고 했다.

한데, 듣던 것과는 달리 이 을씨년스러운 정경은 다 뭐란 말인가?

게다가 왜 또 진가장의 무사들이 대문 앞을 지키고 있단 말인가?

"어떻게 된 거죠?"

"아무래도 감시의 눈이 이곳까지 미친 것 같습니다."

"그럼 여기 있던 청무도장 분들은요?"

"바로 이 앞에 저희 상단이 운영하고 있는 전장이 있습니다. 자세한 건 그곳에서 들을 수 있을 겁니다. 제가 가서 알아보고 오겠습니다."

"아뇨. 저도 같이 가죠."

천풍의 말에 무겁게 고개를 끄덕인 서인찬이 급히 걸음을 서둘렀다.

혹여라도 청무도장에 무슨 변이라도 생긴 것이 아닌가, 조마조마한 마음으로 서인찬을 따르던 천풍은 서인찬이 발을 멈춘 곳을 보며 눈을 동그랗게 떴다.

그곳은 염가상단의 전장이었던 소흥전장이었다.

스승이 남겨 준 염가상단의 지분 계약서를 들고 찾아가 무려 금 백이십 냥을 얻었던 그곳. 그로 인해 염장과의 인연을 다시 시작했고 무림대회를 통해 무림과 조우할 수 있었다.

현천문 문주 파천대성의 삶이 시작된 곳이라 해도 크게 틀리지 않을 것이다.

이제는 염가상단이 아니라 현천상단의 전장이 되어 버린 전장을 보고 있자니, 그다지 그립지는 않지만 그냥저냥 어떻게 사나 궁금한 인물 하나가 떠올랐다.

'이름이…… 오덕양이라고 했었지?'

당시에는 이곳 전장의 점주였고, 후일에 만났을 때는

천풍과의 인연 덕분에 호북성 무한 지부의 지부장으로 승급되었다며 천풍에게 연신 고마움을 전하던 그 사내. 염가상단이 무너졌으니 당연히 지부장 자리에서도 쫓겨났을 것이다.

'어떻게 살고 있으려나?'

자신 덕분에 출셋길에 올랐다가 또 자신 때문에 하루아침에 일자리를 잃어야 했던 사내. 지금까지는 까마득하게 잊고 있었지만 막상 떠올리니 뒤늦게 미안한 생각이 들었다.

천풍이 그렇게 옛 기억을 떠올리며 씁쓸해하고 있는 사이, 소식을 들었는지 전장의 문이 벌컥 열리며 사내 하나가 튀어나왔다.

한데 순간,

"어?"

급하게 튀어나오던 사내가 천풍의 얼굴을 보며 마치 벼락이라도 맞은 것 같은 표정을 한다.

"어?"

그 정도까지는 아니지만 천풍도 그 사내를 보며 놀란 얼굴을 했다.

그도 그럴 것이 그렇게 튀어나온 사내가 다름 아닌 오덕양이었던 것이다.

"대, 대인! 아, 아니, 무, 문주님!"

"지부장님께서 여긴 어떻게……?"

천풍의 앞에 반사적으로 머리를 조아리는 오덕양과 그런 오덕양을 의아해하는 천풍. 그들을 보며 서인찬이 고개를 갸웃거렸다.

"두 분이 아는 사이셨습니까?"

"아, 그게……."

서인찬의 질문에 뭐라 대답을 하려던 오덕양이 말을 하다 말고 어딘가 불안한 눈으로 주위를 두리번거리고는,

"여기서 이럴 것이 아니라 일단 안으로 드시지요."

천풍과 서인찬을 재촉하며 서둘러 안으로 들어갔다.

그의 불안이야 당연했다.

어디에서 감시의 눈이 그들을 보고 있을지 모르는 상황인 것이다.

이를 알기에 천풍과 서인찬은 군말 없이 오덕양의 뒤를 따랐다.

오덕양과 마주 앉은 천풍은 먼저 그에게 이곳에 있게 된 경위를 물어보았다. 알고 보니 그다지 특별한 사연이 있는 것은 아니었다.

"천절문이 문을 닫고 염가상단이 현천상단으로 다 흡

수가 되었지 않습니까? 물론 다행히도 상권뿐만 아니라 인력도 대부분 같이 흡수가 되긴 했습니다만, 그래도 주요 요직은 섬서와 장안 상단의 인물들로 대부분 교체가 되었죠. 그때 저도 이곳으로 좌천이 되었습니다."

오덕양이 조금은 서운한 마음을 담아 슬쩍 서인찬의 눈치를 살폈다.

서인찬은 그런 오덕양의 시선이 부담스러웠는지 어색한 표정으로 헛기침을 토했다.

"크흠……."

하긴 무한 지부라면 대륙 상권의 요충지였다. 그런 중요한 곳을 관리하는 자를 염가상단의 인물로 그대로 두었을 리가 없었다. 게다가 소흥이라면 경력이나 경험 면에서 오덕양만 한 인물도 없었을 것이다.

오덕양의 근황을 대강 전해 들은 천풍은 곧바로 본론으로 들어갔다.

"혹시 청무도장의 소식을 알고 계십니까?"

청무도장이라면 오덕양에게도 낯선 곳이 아니었다.

처음 천풍이 전장을 찾았을 때, 천풍이 청무도장에 묵고 있다는 것을 알아내고는 매일 같이 청무도장을 찾아가 거의 종살이를 하다시피 하며 천풍의 수발을 들었었다.

천풍과 청무도장의 관계를 아는 그라면 청무도장의 일

에 대해서도 빠삭하게 알고 있을 터였다.

"그렇잖아도 그 일로 이틀 전 상부에 보고를 했던 참이었습니다. 아직 보고가 본단에까지는 전해지지 않은 모양입니다만……."

현천상단의 본단은 현재 서안에 있었다. 거리상 보고가 아직 서인찬의 귀에 닿지 않았다고 해도 이상한 일은 아니었다.

그런데 어쩐 일인지 청무도장의 이야기가 나오자 오덕양의 안색이 자못 심각해졌다.

"그래서, 어떻게 된 일입니까?"

천풍이 급히 묻자 오덕양이 한 차례 무거운 숨을 내쉰 후 그간의 일을 설명했다.

"사실 문주님과 청무도장의 관계는 세상에 그리 알려져 있지 않았습니다. 기껏해야 아이들이 무림대회에서 거둔 성적 때문에 청무도장의 무공이 천하오절의 무공이라는 소문이 도는 정도였는데, 그것마저도 확인되지 않은 뜬소문일 뿐이었고요. 물론 무림대회 때 문주님께서 청무도장과 동행을 한 적이 있고 그걸 목격한 사람도 있을 테지만, 천하의 파천대성이 일개 도장과 관계가 있다는 것을 누가 믿겠습니까? 그래서 현천문의 부문주님을 비롯해서 몇몇 분이 청무도장에 몸을 의탁했을 때도 청무도장을 의심하거나 감시하는 눈은 전혀 없었습니다. 이틀 전까지만 하더라도 말입니다. 그런데 이틀 전에 말입니다, 흑지에서 청무도장을 덮쳤습니다. 어떻게 알고 왔는지 청무도장이 현천문의 잔당들과 내통하고 있을 가능성이 있다면서 청무도장 사람들을 모조리 다 잡아갔습니다."

"……!"

"다행히 현천문 분들은 미리 몸을 피해 위기는 벗어난 듯한데, 그 이후로 그분들에 대한 소식은 저도 알 도리가 없습니다."

"하면 청무도장 분들은요? 임 관주님과 상아는……?"

"관주님은 물론이고 청무도장의 제자들도 모두 잡혀갔습니다."

"하면 청무도장 분들이 지금쯤 큰 고초를 당하고 있을 수도 있다는 것 아닙니까?"

"아직은 아닐 겁니다."

"어째서요?"

"아마도 그분들이 잡혀간 곳은 부양일 겁니다. 그곳에 흑지의 지부가 있거든요."

부양이라면 거리가 꽤 된다. 청무도장 제자들까지 모조리 잡아갔다 했으니 족히 수백은 될 텐데 그 많은 인원을 이끌고 부양까지 가려면 적어도 사흘은 잡아야 했다.

"아무리 패악무도한 자들이라고 해도 설마하니 길 한 가운데서 험한 짓을 벌이지는 않겠죠."

그나마 안심이 된다.

하지만 오덕양이 덧붙인 말에 잠깐의 안심은 그 즉시 사라지고 말았다.

"아, 그리고 이미 알고 계실지 모르겠는데, 그곳의 지부장 말입니다."

"……?"

"형산파의 장문제자였던 형산유룡 위서량입니다."

"예?"

너무 의외의 말이어서 천풍이 어리둥절한 표정으로 오덕양을 바라보았다.

"지금 위서량이라 했습니까?"

"예. 부양의 지부장으로 부임한 지 두 달 정도 되었습니다. 그래도 명색이 구대문파의 장문제자였던 자인데 지금 하는 짓은 흑지 놈들보다 더합니다. 특히 무슨 원한을 그렇게 품었는지 현천문에 관한 것이라면 아주 독기를 품고 달려들더군요. 듣기로는 굳이 이곳에 부임한 것도 현천문 때문에 자청한 것이라 하던데……."

정확히는 현천문 때문이 아니라 천풍 때문이다.

지난날 있었던 홍유의 죽음이 아직도 이진하가 아닌 천

풍의 계략 때문이었다고 믿고 있는 것이다.

이제는 그 오해를 바로잡아 줄 마음이 없었다.

어디까지나 위서량 자신의 비뚤어지고 속 좁은 시기심에서 비롯된 오해였다. 조금만 주위를 살피면 그 스스로 충분히 사건의 진상을 알 수 있었음에도 불구하고, 그 편협한 아집으로 사문의 원수에 붙어 중원 무림을 배신하더니 심지어 자신에게 검을 날리기까지 했다.

천풍에게 있어 위서량은 이젠 그저 불쾌하고 기분 나쁜 존재일 뿐이었다. 이해할 마음도 용서해 줄 아량도 지금의 천풍에겐 없었다.

하지만 당장은 위서량에 대한 감정보다 청무도장 사람들에 대한 걱정이 앞섰다.

그들을 잡아간 것이 위서량이라면, 천풍에 대한 그 비뚤어진 원한과 앙심을 생각하면, 위서량은 길 한가운데서도 능히 험한 짓을 할 수가 있는 자였다.

마음이 급했다.

지금 이 순간에도 어떤 고초를 당하고 있을지 알 수 없었다.

천풍이 오덕양에게 물었다.

"흑지의 지부라는 곳이 정확히 어디에 있는지 알고 계십니까?"

천풍의 질문을 받은 것은 오덕양이 아니라 서인찬이었다.

"문주님께서 직접 가실 겁니까?"

"지체할 시간이 없습니다."

"하나 문주님을 드러내기엔 아직은 시기상조가 아닐는지요?"

아무런 기반이 갖춰지지 않은 상황이었다.

현천문마저 추스르질 못했는데 그런 상황에서 모습을 드러내면 흑지의 경계심만 더 부추기게 될 뿐이다. 그렇게 되면 앞으로의 행보에 여러 가지로 많은 제약을 받게 될 수밖에 없다.

하지만 천풍은 단호했다.

"그런 것을 따질 여유가 없습니다. 지금은 청무도장분들을 구하는 게 최우선입니다."

천풍의 단호한 말에 서인찬은 더 이상 그를 만류하지 않았다.

파천대성이 하고자 하는 일에 있어 누가 감히 그의 앞을 막겠는가.

"알겠습니다. 부양의 흑지 지부는 저도 알고 있으니 제가 안내토록 하겠습니다."

*　*　*

한편, 그렇게 청무도장 사람들을 잡아간 위서량은 오덕양의 예상대로 그로부터 만 하루가 더 지나서야 부양에 당도했다. 그마저도 성도를 통하지 않고 뱃길로 전당강을 건넜기에 가능했다.

그렇게 부양 지부에 당도하자 그를 옆에서 수행했던 진가장의 무사가 물었다.

"청무도장 놈들은 어떻게 할까요?"

"다른 놈들은 지하 옥사에 가두고 관주란 년, 그년부터 심문할 테니까 심문실로 데려다 놔."

위서량의 말에 진가장 무사가 순간 음흉한 미소를 입가에 머금는다.

"알겠습니다. 바로 준비하겠습니다."

그렇게 음험한 미소를 흘리고 돌아서는 사내의 등을 위서량이 불쾌한 눈으로 좇았다.

'진천일이라 했었지?'

그 사내는 진가장의 일개 무사가 아니었다.

진가장의 소장주 진천일이었다.

장강 이남에 위치한 흑지의 각 지부에는 한 곳당 대략 이백 명 정도의 흑지 고수가 배치되어 있었다. 흑지의 고수 이백이면 결코 적은 수가 아니었다. 문파 하나쯤은 간단히 쓸어버릴 수 있는 힘을 가지고 있었다. 그럼에도 각 지부는 주변의 군소문파로부터 자금과 인원을 지원받고 있었다.

이는 각 지역 문파들이 배신하지 못하도록 그들 문하의 제자들을 볼모로 잡아두는 동시에, 지리나 문화 등 중원의 모든 것이 낯선 흑지들이 효율적으로 각 지역을 다스리기 위한 방편이었다.

진가장이 이곳 부양 지부에 합류해서 위서량을 돕는 것도 바로 그와 같은 이유에서인데, 여타의 문파들과 다른 점은 위서량이 이곳에 부임하자마자 소장주 진천일이 직접 진가장의 무사들을 이끌고 달려와 그의 수행을 자청했다는 것이다.

그 나름은 흑지에 대한 충성을 보다 적극적으로 보이자는 뜻이었겠지만, 위서량은 그런 진천일이 그다지 마음에 들지 않았다.

형산파에서 자라온 그의 눈에 진천일은 한없이 가볍고 저속해 보였다. 그도 그럴 것이 처첩을 여덟이나 거느렸다지 않는가. 어디 그뿐인가. 타고나기를 발정 난 호색한으로 타고난 건지, 틈만 나면 청루에 가서 기녀들의 가슴이나 만지작대고 곱상한 여자만 보면 음탕한 속내를 여과

없이 드러내기 일쑤였다.

그건 청무도장의 임설아를 상대로도 마찬가지였다.

공사도 구분 못 하고 꼴사나울 정도로 치근덕댔다.

그래도 차마 위서량이 있는 앞에서 직접적으로 어떤 행동을 취하지는 못했지만, 연신 음탕한 눈빛으로 임설아의 전신을 훑어대는가 하면 일가의 미래를 책임지고 있는 소장주의 신분이라는 것이 믿기지 않을 정도로 시시껄렁하고 듣기 거북한 말을 쏟아 내기도 했다.

그런 진천일을 보고 있자면 그런 것에는 별로 신경을 쓰지 않는 위서량조차 절로 눈살이 찌푸려질 정도였다.

게다가 방금 보인 그 음흉한 미소의 의미는 대체 뭐란 말인가?

그건 단지 그 자신의 음탕한 마음을 드러낸 것이 아니었다.

거기에는 어이없게도 일종의 동질감과 어떤 공감대, 심지어 부러움까지 드러나 있었다. 위서량이 임설아를 먼저 심문하겠다고 한 말에 무슨 다른 의도라도 있다 생각하는 것이다.

'뭐 눈엔 뭐만 보인다더니, 사람을 어떻게 보고…….'

비단 진천일만이 아니었다.

그가 어떤 행동을 하든 그를 보는 사람들의 눈에는 저

속한 잡것이 낀다.

사문의 형제들을 갈기갈기 찢어 죽인 사문의 원수에 빌붙어 중원 무림을 팔아먹은 천인공노할 패륜아라는 것이 그에 대한 무림인들의 인식이었다.

중원 무림을 지키고자 하는 자들에겐 배신감을 주지만 진가장과 같이 중원 무림을 버린 자들에겐 동질감과 안도감을 주는 인물, 그것이 바로 지금 위서량의 위치였다.

'흥! 마음대로들 생각하라지!'

남들의 시선 따위 신경 쓰지 않는다.

남들 눈엔 흑지가 형산파의 원수일지 모르지만 그에게 있어 한 하늘을 이고 살아갈 수 없는 불공대천의 원수는 천풍이었고 현천문이었다.

그것이 비뚤어진 아집이든 일그러진 복수심이든 간에 그의 안에서 자리 잡은 천풍에 대한 원한은 조금도 퇴색되지 않고 있었다. 오히려 세상의 비난이 강해지면 강해질수록, 그를 향하는 사람들의 시선이 차가워지면 차가워질수록 그 원한의 불길은 더욱 거세지기만 했다.

이젠 뒤를 돌아볼 수도, 주위를 살필 수도 없게 되었다.

천풍은 물론이고 그와 관련된 모든 것을 깡그리 부숴버리는 것, 그것이 그가 살아가는 단 하나의 이유가 되었고 살아갈 수 있게 하는 동력이 되어 있었다.

그러니 애초에 임설아의 미색 따위는 눈에 들어오지도 않았다.

그가 관심 있어 하는 것은 오직 청무도장과 천풍 사이의 관계였다.

사실 천풍과 관련해서 청무도장을 주목한 것은 현천문도들의 행방을 수소문하던 중에 부문주 관여락이 청무도장에 얼마간 머문 적이 있다는 소식을 접한 순간, 그제야 불현듯 잊고 있던 지난 기억을 떠올린 때문이었다.

그랬다.

무림대회에 참석고자 소주로 갔다가 그곳의 황학루에서 천풍을 처음 만났었다. 그리고 그때 천풍이 말했었다. 자신은 청무도장에서 왔다고.

또한 염장이 나타나 천풍을 염가상단으로 데려갈 때도 청무도장 사람들이 동행했었다.

천풍과 동행을 했고 관여락이 머물렀다. 게다가 무림대회 유년부에서 우승과 차승을 한 청무도장의 아이들이 천하오절의 무공을 익혔을 거라는 소문도 있었다.

필경 깊은 관계가 있는 것이다.

생각이 거기에 이르자 위서량은 그 즉시 청무도장으로 가 그 식솔들과 제자들 모두를 잡아왔다.

'그 관주 년을 족치면 분명 현천문 놈들의 소재를 알 수 있을 것이다!'

어쩌면 종적을 감춘 천풍의 행방마저 알 수 있을지도 모른다.

지금 위서량의 관심사는 오직 그 하나뿐이었다.

그렇게 심문실로 향한 위서량은 형틀에 묶여 있는 임설아를 보며 내심 감탄했다.

'이러니 진천일 저자가 군침을 흘리는 거로군.'

청무도장 제자들을 잡아들이는 것은 온전히 진천일에게 맡겨 두었던 터라 그저 멀리서 잠깐 스치듯 보았을 뿐, 이렇게 임설아의 얼굴을 정면으로 마주하는 건 지금이 처음이었다.

확실히 보기 드물게 뛰어난 미색이었다.

진천일이 왜 그렇게 군침을 흘려 댔는지 알 것 같았다. 지금 이 순간에도 그의 뒤에서 음탕한 눈빛을 던져 대는 그 심정도 이해할 수 있었다.

진천일의 첩들이라고 해 봐야 결국 기루에서 웃음이나 팔던 노류장화들일 터였다.

임설아의 미색이라면 이름 높은 홍루의 기녀들과 같이 세워 놓아도 결코 부족하지 않을 정도이니 눈이 돌아가는 거야 당연했다.

물론 위서량에겐 임설아의 미모가 감탄은 될망정 그것이 천풍에 대한 증오마저 뒤로 밀어내는 것은 아니었다.

"서로 간에 긴말이 필요한 처지는 아닌 듯하니 본론으로 들어가지."

"……."

"소천풍. 그자와는 어떤 관계지?"

"어떤 관계라뇨?"

"내 똑똑히 기억하고 있거든. 일전에 무림대회가 있었던 날, 그자가 스스로 청무도장에서 왔다고 했던 걸 말이야. 이미 주변 탐문도 다 마친 상태니 발뺌할 생각은 않는 게 좋을 거야. 들어서 알고 있겠지만 나라는 놈은 여자라고 사정을 봐주고 하는 놈이 아니니까."

실제로 위서량은 악명이 자자했다.

적어도 현천문과 관련해서만큼은 남녀노소를 불문하고 손에 인정을 두지 않았다. 수단과 방법 또한 가리지 않았다. 원하는 것을 얻기 위해서는 얼마든지 잔인해질 수 있다는 걸 이미 충분히 보여 주었다.

하지만 임설아는 조금도 위축됨이 없이 위서량을 마주 보았다.

"소 문주님은 우리 도장에 그저 잠깐 기거하셨던 것뿐

이에요. 무림대회 이후로는 연락 한 번 주고받은 적이 없었구요. 탐문을 해 보셨다면 잘 아실 텐데요?"

"그야 그렇지. 확실히 무림대회 이후로는 연락을 끊은 것 같더군. 하지만 부문주 관여락! 소천풍 그자 다음으로 관여락이 그대 도장에 머물렀던 것은 어떻게 설명할 거지?"

"그거야 어쩌다 보니 그렇게 된 것뿐이에요. 그리고 관 공자께서 우리 도장에 계실 때에는 현천문과는 전혀 상관없으신 분이셨구요. 그분이 현천문에 몸을 의탁하신 것도, 그리해 현천문의 부문주가 되신 것도 어디까지나 청무도장을 떠난 다음이었으니까요."

"어쩌다 보니 그렇게 된 것뿐이다? 흥! 내가 잘못 알고 있었나 보군. 난 청무도장이 무도관인 줄 알았더니 어중이떠중이 뜨내기들 다 들렀다 가는 유곽이었군그래? 이 보라고! 어쩌다 보니 받은 뜨내기가 하필이면 현천문의 부문주였다는 걸 지금 나보고 믿으라는 거야! 어딨어? 알지? 그놈이 어딨는지……. 다른 현천문 놈들이 어딨는지도 네년은 알지? 소천풍, 그자는?"

"그러니까 모른다구요! 고작 무도관이나 운영하는 제가 그런 대단한 분들 행방을 어떻게 알겠어요? 그분들의 행방은 모르지만 그래도 이것 하나는 알고 있죠."

"호오? 뭐지?"

"철사금장 홍유를 죽인 흉수가 현천문이 아니라는 것."

너무 갑작스럽고 돌발적인 말이었다.

"뭐?"

"당신이 그렇게도 원수처럼 여기는 현천문이 실은 당신의 원수가 아니라는 거예요. 모르셨나요? 철사금장을 죽인 흉수는 현천문이 아니라 마황성이에요."

"닥쳐!"

위서량의 눈빛이 지금까지와는 사뭇 달라졌다.

"왜요? 사실은 당신도 이미 알고 있는 일 아닌가요? 철사금장을 죽인 흉수가 마황성이라는 것이야 이미 공공연히 알려진 사실이잖아요."

그녀의 말 대로였다.

언젠가 마황성의 염왕수(閻王愁) 사공도(司空陶)가 술에 취해서 사건의 진상을 자랑하듯 떠들어 댄 것은 이미 알려질 대로 알려진 일이었다.

그 소식은 당연히 위서량의 귀에도 들어갔다.

하지만 무시했다.

그저 술에 취해서 말도 안 되는 주정을 해 댄 것이라 그렇게 치부해 버렸다.

사실 여부를 확인조차 하지 않았다.

천풍에 대한 증오 하나로 지금껏 버텨온 그였다.

그 하나를 생명 줄처럼 부여잡은 채 사문의 은혜도 저버렸고 나고 자란 고향과도 등을 돌렸다.

그런 그의 마음에 철사금장의 사건에 대한 의심이 생기면 결코 버티지 못할 것이다. 어둠과 절망뿐인 나락으로 그렇게 무너져 버릴 거라는 걸 너무도 잘 알고 있었다.

"대체 왜 그렇게까지 소 문주님을 증오하시는 거죠? 소 문주님은 철사금장의 죽음과 아무런 관계도 없다는 것을 알고 있으면서 왜 그렇게 그분을……."

"그만! 거기서 한 마디만 더 지껄이면 결단코 네년의 입을 찢어 버리겠다!"

위서량의 눈빛이 한층 더 살벌하게 변했다.

거기에 담긴 것은 분노, 그 이전에 섬뜩하고 괴이쩍은 광기였다.

그 광기에 눌려 임설아가 차마 더 그를 자극하지 못하고 입을 닫았지만, 이어서 흘러나오는 위서량의 말은 오히려 눈빛보다 더 섬뜩하고 더 살벌했다.

"뭐, 어차피 좋은 말로 곱게 토설할 거라고는 나도 생각 안 했어. 딴에는 무인이랍시고 살점을 찢고 인두로 지져도 입을 열지 않는 놈들이야 이미 숱하게 봐 왔으니까.

네년도 그럴 거라는 걸 알아. 하지만 나도 말이지, 이런 일에는 이골이 났거든. 그래서 만 근처럼 무거운 입도 쉽게 열 수 있는 방법도 잘 알고 있지. 장담하건대 한 시진 안에 그 입에서 네년이 아는 모든 것들이 술술 흘러나오게 될 테니까 두고 보라고."

잠시 말을 끊은 위서량이 그녀의 귓가에 입을 가져다 대고는 작지만 또렷한 목소리로 느릿하게 말했다.

"네년한테 귀여운 여동생이 하나 있다고 들었는데 말이야. 난 지금 그 아이를 이곳으로 부를 작정이거든?"

순간 어떤 말에도 당당했던 임설아의 동공이 급격히 흔들렸다.

"무슨 짓을……."

"말했잖아. 이런 일에는 이골이 났다고. 내가 이런저런 사람들을 겪어 보니까 말이야, 자신의 내장이 파헤쳐지고 사지가 잘려 나가도 눈 하나 깜빡 않던 사람이 혈육의 머리카락 하나에는 벌벌 떨기도 하더라고. 과연 네년은 어떨까? 참고로 말하자면 나는 고문을 즐기는 변태는 아냐. 그래서 길고 가늘게 하는 건 취향에 안 맞아. 살점을 도려내고 인두에 지지고 그런 번거로운 짓은 안 한다, 이 말이지. 먼저 열을 셀 거야. 그리고 오른쪽 손목을 자를 거야. 다시 열을 셀 거고 이번엔 팔꿈치를 자를 거야.

또 열을 세고 어깨를 자를 거고, 다음은 왼쪽 손목, 팔꿈치, 어깨 순서가 되겠지. 물론 그다음은 두 다리가 될 테고."

차근차근 흘러나오는 위서량의 말에 임설아의 얼굴이 핏기 한 점 없이 하얗게 질려 갔다.

"그러니까 동생 사지가 멀쩡하길 바란다면 내가 열을 세기 전에 네년이 아는 모든 걸 불어야 할 거야."

결코 허튼소리가 아니다.

진천일이 상아를 이곳으로 데려오는 즉시 그는 열을 셀 것이고 알려준 대로 한 치의 어김도 없이 상아의 사지를 자를 것이다.

지금까지 항상 그래 왔다.

상대가 여자라고 해서, 나이가 어리다고 해서 달라질 것은 없다.

이미 위서량은 더 이상 형산파의 장문제자 형산유룡이 아니었다.

도진에 대한 열등감으로 비뚤어지긴 했지만 명문의 자부심만큼은 그래도 잊지 않았던 정파의 당찬 후기지수도 아니었다.

비틀린 증오로 인간의 본성마저 망각해 버린 악귀가 되어 있었다.

임설아가 생각만으로도 진저리가 처진다는 듯 파르르 떨었다.

그 모습이 가엾기까지 했지만 위서량은 그 어떤 여지도 없다는 듯 진천일에게 지시를 내렸다.

"가서 그년을 데려와."

제5장

악연은 그렇게 저물고

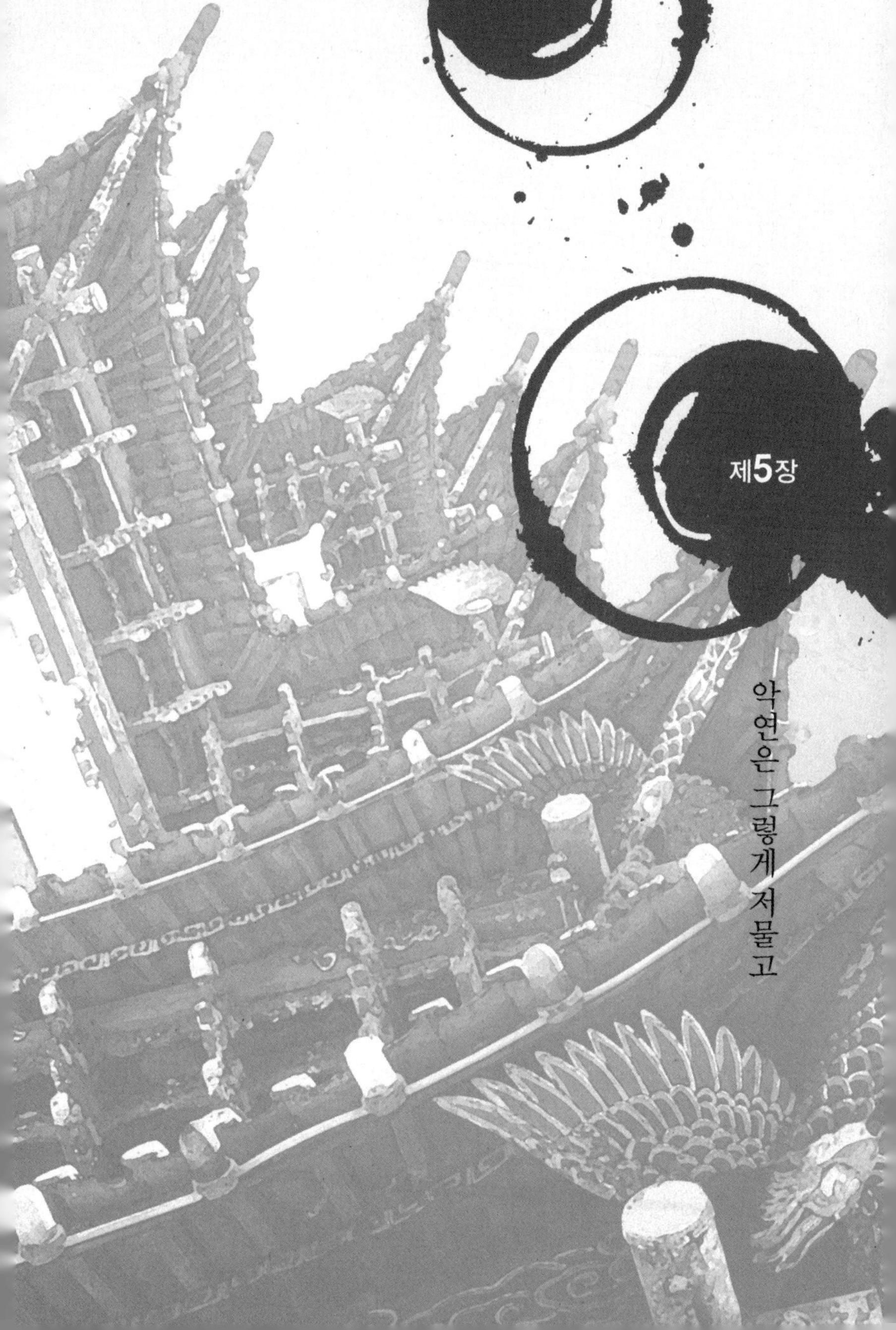

"망할 자식! 지가 지부장이면 다야? 나이도 나보다 어린 놈이 사사건건 반말지거리도 모자라 이젠 아주 사람을 종 부리듯 하고 있네."

진천일이 심문실을 나서며 그렇게 투덜거렸다.

심문실에는 자신 말고도 진가장의 무사가 둘이나 더 있었다.

이런 잔심부름은 그의 수하를 시켜야 할 일이었다.

'적어도 진가장 소장주의 면을 조금이라도 생각했다면 말이지.'

명색이 진가장의 소장주인데 수하들 앞에서 잔심부름이

나 시키면 그 위신이 어떻게 되겠는가 말이다.

하긴, 애초부터 그런 걸 배려해 주는 작자가 아니었다.

사문의 원수에게 빌붙은 걸로도 모자라 구파를 팔아먹고 이제는 그 앞잡이가 되어 중원 무림의 동도들에게마저 칼을 들이대는 인간이다. 그런 주제에 거들먹거리긴 또 어찌나 거들먹거리는지 옆에 있다 보면 배알이 뒤틀리는 것이 한두 번이 아니다.

"기껏해야 변두리 지부장 주제에 말이야."

물론 그 변두리 지부장의 뒤치다꺼리나 해 주고 있는 것이 진가장의 처지지만, 그래도 전혀 꿀릴 것이 없었다.

진가장은 착실하게, 그리고 빠르게 힘을 키워 가고 있었다. 문호도 크게 열어서 소속 무사의 수가 일천에 가까울 정도였다.

이젠 강서 땅은 물론이고 장강 이남 전체에 이름을 알리기 시작한 신흥 강호가 바로 진가장이었다. 그런 진가장에 비해 위서량은 고작해야 부양 지부의 지부장이라는 명패뿐이었다.

'기반이 있기를 해, 뒷배가 있기를 해?'

막말로 흑지에서 수틀리면 잘라 버릴 수도 있는, 그렇게 잘려 버리면 오갈 데도 없는 하루살이 인생인 것이다.

"두고 보라지. 언제고 네놈이 내 수발을 들게 될 날이 있을 테니까."

그렇게 훗날을 기약하며 이를 바드득 갈아붙인 진천일은 이내 위서량에 대한 생각을 접었다.

더 중요한 관심사가 있었다.

'임상아라고 했었지?'

위서량이 데리고 오라 했던 임설아의 동생.

아직 채 피지 않은 꽃이지만 그럼에도 임설아에 못지않은 미색이었다.

그의 오랜 여성 편력과 경험으로 미루어 보건대 이삼 년만 더 지나면 임설아 이상 가는, 아니, 강남 일대에서 그 소문이 자자한 미모가 될 것이 분명했다.

"젠장! 그래 봤자 사지가 잘리면 뭔 소용이야?"

생각하니 짜증이 확 올랐다.

처첩을 여덟이나 거느리고 있다지만 왜 자신의 여인들은 그렇게도 빨리 세월을 먹는지 모르겠다. 하루하루가 다르다. 분으로 떡칠을 해도 세월의 흔적은 쌓여만 갈 뿐이다. 게다가 나긋나긋 입안의 혀처럼 달콤했던, 토끼 같고 여우 같던 여인네들은 다 어디 가고 자식들이 늘어나면 늘어날수록 늑대가 되고 호랑이가 되어 갔다.

늑대 같고 호랑이 같은 여인네들에 시달리다 보니, 미색도 미색이지만 어딘지 품위가 느껴지는 임설아와 풋풋하고 싱그러운 임상아에게 더 눈길이 갔다. 그런 그녀들에 대한 욕구도 커져만 갔던 것인데, 그중 하나가 사지가 절단 날 지경에 처해 있으니 안타깝다기보다는 아까웠다. 그런 어여쁜 꽃을 험하게 짓밟으려 하는 위서량에게 짜증도 났다.

그동안 위서량이 어떤 인간인지, 그가 얼마나 잔인해질 수 있는지 옆에서 줄곧 지켜보았기에 더 그랬다.

사실 내심 기대를 했었다.

소흥에서 청무도장 사람들을 잡아 오면서 이곳에 도착하기만 하면 상황을 봐서 임설아를 자신의 방으로 끌어들일 계획까지 세웠었다. 그런데 도착하기가 무섭게 심문실로 데려다 놓으라는 바람에 그런 계획이 수포로 돌아가 버렸다.

다음 관심사는 자연스레 임상아에게로 옮겨갔다.

아직 소녀티를 채 벗지 않았다는 게 좀 걸리긴 했지만 그 풋풋하고 보드라운 살결을 떠올리면 언제 임설아를 생각했었냐 싶게 벌써부터 몸이 후끈 달아오를 지경이었다.

그런데 지금 그마저도 그의 차례는 오지 않게 된 것이다.

"하다못해 사지를 자르기 전에 나한테 시간이라도 좀 주든가."

어차피 사지를 자를 거면 그 전에 자신의 음심 좀 채우기로서니 뭐가 나쁜가 말이다.

이제 그가 바랄 수 있는 것은 하나뿐이다.

어떡하든 임상아의 사지가 잘리기 전에 임설아가 현천문 문도들의 행방을 토설하는 것.

"아니, 그 전에 정말로 현천문 문도들의 행방을 알고 있긴 한 거냐고!"

하지만 그가 아까워하고 답답해한다고 해서 달라질 것은 없다.

진천일도 이내 체념을 하고는 지하 옥사로 걸음을 서둘렀다.

괜히 지체했다가는 면박이나 당할 뿐이다.

그런데 그렇게 지하 옥사에 당도했을 때였다.

어쩐 일인지 지하 옥사의 문을 지키고 있어야 할 수하들이 보이지 않았다.

"이것들이 옥사는 안 지키고 대체 어딜 간 거야?"

설마 자신은 위서량의 심부름이나 하고 있는데 수하란 것들은 농땡이치고 어디 가서 술이라도 한 잔씩들 걸치고 있기라도 한 것일까?

그럴 리가 없었다.

아무리 여러 문파들이 뒤섞여 있다지만, 그래서 위계와 기강이 제대로 잡히지 않고 있다지만 목숨 줄이 몇 개씩 달리지 않은 다음에야 옥사의 경비를 내팽개쳐 두고 술이나 마시러 갈 리가 없었다. 그건 이곳에 파견 와 있는 문파들 중 개념 없기로는 둘째가라면 서러워할 통륜방(通輪幇)의 제자라고 해도 있을 수 없는 일이었다.

뭔가 불길한 예감이 스쳤다.

그 불길한 예감은 지하 옥사에서 비롯되고 있었다.

진천일은 사뭇 조심스러운 걸음으로 지하 옥사로 향하는 계단을 밟았다.

그렇게 한 걸음 한 걸음 불길함을 담아 내디딘 끝에 옥사의 입구에 도착한 순간, 진천일의 눈이 더 커질 수 없을 정도로 커졌다.

길게 이어진 옥사의 바닥에 아무렇게나 널브러져 있는 여섯 구의 시체들.

둘은 옥사의 문을 지키는 경비 무사일 테고 나머지 넷은 옥사 안을 살피는 간수들일 것이다. 게다가 옥사 안, 칸칸이 채워져 있어야 할 죄수들이 한 명도 보이지 않았다.

"대체 이게 무슨……."

놀람은 컸지만 상황 판단은 빨랐다.

"타, 탈옥?"

그 외에 눈앞의 이 광경을 설명할 수 있는 말이 달리 무엇이 있으랴.

상황을 파악한 그 즉시 진천일은 그보다 더 빠를 수 없을 정도로 후다닥 옥사를 빠져나왔다. 그리고 그 길로 곧장 심문실의 위서량에게로 달려갔다.

"지부장님! 크, 큰일 났습니다!"

심문실의 문이 벌컥 열리며 나타난 진천일의 다급한 목소리에 위서량이 어리둥절해하는 거야 당연했다.

임설아의 동생을 데려오랬더니 귀신이라도 본 듯한 저 얼굴은 대체 뭐란 말인가?

"무슨 일이야?"

"그게…… 탈옥입니다!"

"뭐?"

"죄수들이 지하 옥사를 탈옥했단 말입니다! 청무도장 놈들은 물론이고 거기에 갇혀 있던 죄수들도 전부 다 탈옥했습니다!"

진천일의 다급한 보고를 듣는 위서량은 황당하다 못해 어이가 없었다.

"그게 말이 돼?"

일개 무도관의 제자들이었다.

무림인이라고 할 수도 없는 오합지졸들이 대체 무슨 수로 파옥을 하고 탈옥을 했단 말인가?

믿을 수 없었다. 하지만 또한 믿지 않을 수도 없었다.

진천일이 자신에게 허튼소리나 해 댈 리가 없는 것이다.

"그래서? 지금 탈옥한 놈들은 어디로 갔어?"

"그게…… 워낙에 다급한 중이라 지부장님께 보고부터 드려야 한다는 생각에……."

"이런 멍청한! 먼저 단원들부터 풀어서 놈들을 쫓았어야지!"

지체할 때가 아니었다.

지금은 그저 탈옥수들을 잡아들이는 게 먼저였다.

한데, 그렇게 다급한 와중에도 문득 이상하다는 듯 임설아를 보는 위서량이다.

"그런데…… 그 표정은 뭐지?"

"……."

"문하 제자들이 탈옥을 했다는데 별로 놀란 기색이 아니잖아? 아니면, 미리 무슨 계획이라도 짜 둔 건가? 만일 그런 거라면 괜한 기대는 않는 게 좋을 거야. 어차피 부처님 손바닥 안이니까."

괜히 하는 소리가 아니다.

대체 그들이 무슨 수로 탈옥을 했는지는 모르지만 그래봤자 정식 문파도 아니고 일개 무도관의 제자들이다. 절강성에서 그래도 이름 꽤나 있는 문파의 무사들로 겹겹이 둘러쳐져 있는 지부의 내원과 외원을 뚫고 밖으로 탈출할 수 있을 리가 없었다. 아니, 지하 옥사를 탈출했던 것처럼 설혹 어떤 변수가 작용해 그 길을 뚫었다고 하더라도 흑지의 고수들이 직접 나서는 순간 이 모든 소란은 단숨에 제압될 터였다.

"아무튼 우리 못다 한 이야기는 조금 있다 다시 하자고."

어쨌거나 상황은 확인해야 했기에 위서량이 임설아에게 그렇게 한 마디 던져 주고는 이내 심문실을 빠져나갔다. 그 수하들마저 뒤를 따라 급히 사라지자 심문실에는 오직 임설아만이 남게 되었다.

그런데 그때였다.

그들이 나간 지 촌각도 되지 않아 다시금 심문실의 문이 열리며 누군가 빼죽이 고개를 들이밀었다.

순간 임설아의 눈에 반가움과 안도가 뒤섞였다.

"공자……."

그도 그럴 것이 그는 다름 아닌 관여락이었던 것이다.

임설아의 상태를 살피는 관여락의 눈에도 또한 옅은 반가움이 담겨 있었다.

"다행히 크게 고초를 당하시진 않았나 봅니다."

임설아를 형틀에서 풀어 주며 관여락이 안도의 숨을 내쉬었다.

이윽고 그들 사이에 애틋한 공기가 흘렀지만 그건 아주

잠깐일 뿐, 이내 임설아가 걱정스레 물었다.

"그런데 어찌 이렇게 일찍……."

"임 관주님께서 심문실로 잡혀가신 터라 더는 기다릴 수가 없었습니다. 그보다, 지체할 시간이 없습니다. 우선 이곳부터 빠져나갑시다."

관여락이 임설아의 손을 잡아끌었다. 그런데 그들이 몇 발짝 내딛기도 전이었다.

"이것 봐, 내 이럴 줄 알았다니까."

심문실 문을 벌컥 열어젖히며 그들의 앞을 막아서는 사내는 위서량이었다.

"어쩐지 임 관주 표정이 자꾸 마음에 걸리더라니…… 자칫했으면 깜빡 속아 넘어갈 뻔했잖아?"

"……."

"뭐, 어쨌든 덕분에 뜻하지 않게 대어를 낚았어. 현천문의 부문주님을 설마하니 이곳에서 이렇게 만나게 될 줄이야 내 어찌 알았겠어? 내가 궁금해서 그러는데 하나만 물어보자고. 그동안 계속 청무도장 제자들 틈에 끼어 있었던 건가? 아무리 생각해도 그게 아니면 그대가 지금 이곳에 있는 것도, 그리고 죄수들의 탈옥도 무엇 하나 납득이 안 되거든."

위서량의 짐작대로였다.

위서량이 청무도장에 들이닥쳤을 때, 그곳에 관여락도 같이 있었다. 물론 그때 같이 잡힌 것은 아니었다. 그저 은밀히 뒤를 따라와서 소흥과 부양의 중간쯤인 소산을 지날 무렵, 어둠을 노려 청무도장의 제자들 무리 속에 은밀히 끼어들었던 것이다.

"역시 그랬었군. 그럴 줄 알았다니까. 그런데 말이야. 그렇게 은밀히 숨어서 기회를 살핀 것치고는 이번 일, 너무 급하고 무모했던 것 같은데……. 아니아니…… 그러고 보니 두 사람, 분위기가 요상한데? 오호라! 그런 거였어? 두 사람 깊은 사이였던 거야? 그래서 그렇게 급하게 일을 벌인 거였어? 임 관주 때문에?"

중얼중얼 흘려대는 위서량의 말에 관여락은 시종일관 입을 닫고 있었다.

그렇게 중얼중얼 흘려대는 말은 틀린 것이 하나도 없었다.

위서량의 말대로 이번 탈옥은 원래 계획보다 급하고 무모하게 이루어졌다.

원래 계획상으로는 적어도 한나절은 더 기다려야 했다. 적어도 한나절은 지나야 미리 연통을 넣은 현천문도들의 지원이 이곳에 당도할 수 있기 때문이다.

하지만 더는 기다릴 수가 없었다. 심문실로 잡혀간 임설아가 어떤 고초를 겪고 있을지 알 수 없는 상황이었다. 설혹 그것이 급하고 무모한 결정일지라도, 그리해 상당한 위험을 감수해야 하는 일일지라도 관여락으로서는 달리 선택의 여지가 없었던 것이다.

"하긴, 정인이 위험에 처했는데 그걸 지켜만 본다는 건 사내로서 할 짓이 아니지. 그런데 더 이상한 것은 말이야, 그 급하고 무모한 탈옥이 어이없게도 성공을 해 버렸다는 거야. 청무도장 제자들이 온데간데없이 사라져 버렸으니까. 대체 어떻게? 대체 무슨 수로 삼엄한 경계를 뚫고 이곳을 빠져나갈 수 있었을까? 아무리 생각해도 불가능한 일인데……."

"……."

"답은 하나지. 사실은 빠져나가지 않았던 거야."

순간, 위서량이 나타나 길을 막은 순간에도, 그리고 지금까지도 별다른 표정 변화를 보이지 않던 관여락의 얼굴이 딱딱하게 굳어졌다. 눈가에는 가는 떨림마저 있었다.

"아직 옥사 안에 있지? 아니면 옥사 근처 어딘가에 숨어 있나? 탈옥하지도 않은 탈옥수들을 찾기 위해 무사들이 모두 자리를 비우면 그때 느긋하게 빠져나갈 생각이었겠지? 정말 기발했어. 성동격서에 조호이산지계라니……. 만일 여기서 그대를 보지 못했다면 완전히 속아서는 지금쯤 사방으로 추격대를 풀었을 거야. 아주 제대로 농락당할 뻔한 거지. 지금 다시 생각해도 아주 등골이 오싹해 올 지경이라니까. 그래서 말인데."

"……?"

"모조리 죽여 버리려고. 청무도장 제자들, 대강 삼백 정도 되지?"

"무, 무슨…… 짓을……."

"어쩔 수 없잖아? 이대로 그냥 넘어가기엔 너무 분해서 잠도 안 오겠는데. 또 탈옥이다 뭐다 괜히 그런 일에 신경 쓰는 것도 싫고, 어차피 이젠 딱히 필요도 없으니까. 여기 현천문 잔당들의 소재를 토설할 현천문의 부문주님도 계시고, 현천문 부문주님의 입을 열게 해 줄 곱디고운 정인도 있고……. 안 그래?"

실로 무서운 이야기를 참으로 태평하게도 지껄여 대는 위서량이다.

임설아의 얼굴이 사색이 되었다.

관여락의 얼굴도 여전히 경직된 채 딱딱하게 굳어 있었다. 하지만 그는 그런 와중에도 냉정히 현실을 살피고 있었다.

지금은 위서량의 말에 휘둘릴 때가 아니었다.

어떻게든 이곳을 빠져나가야 했다.

그래야 청무도장 제자들을 구하든, 아니면 같이 죽든 뭐라도 할 수 있다.

하지만 그마저도 그리 희망적이지가 않았다.

위서량의 뒤로 늘어선 흑의 무복을 입은 네 명의 무사는 필경 흑지의 고수들일 것이다.

흑지 고수 넷.

결코 만만한 수가 아니다. 게다가 저 문 뒤로 몇 명의 흑지 고수가 더 있을지 모르는 일이다.

'그래도 부딪쳐 보는 수밖에.'

그렇게 결심을 세우고 머릿속으로 가장 효율적인 동선을 그려 보는데, 위서량은 그런 관여락의 의중마저도 간단히 간파해 버렸다.

"너무 그렇게 애쓰지 마. 이미 늦었으니까. 내가 흑지에서 오신 귀하신 분들을 벌써 그쪽으로 보내 버렸거든. 지금쯤이면 한창 재밌는 장면이 연출되고 있을 거야. 아니지, 이럴 게 아니라 이왕 말 나온 김에 같이 구경이나 가 볼까? 꽤 볼 만할 거야. 뭐, 그쪽은 그다지 내 취미는 아니지만 말이야. 아니, 두 분의 취미와도 별로 맞지 않으려나? 큭큭큭."

그러고는 앞장서 문을 나간다. 하지만 나갈 길이 열렸는데도 관여락의 경직된 얼굴은 조금도 나아지지 않았다.

문밖으로 길을 터 주듯 늘어선 자들. 그들 또한 흑지의 고수들이다. 그리고 그 수가 스물이 넘는다.

티끌만큼이나마 남아 있던 가능성이 그 순간 완전히 사라졌다. 그에게 하늘을 나는 재주가 있지 않은 다음에야 저들을 뚫을 수 있을 리가 없었다.

관여락의 딱딱하게 굳은 얼굴에는 체념도 하지 못하는 답답한 절망이 덧씌워졌다. 그럴수록 임설아의 눈동자는 공포로 흔들렸고, 반대로 위서량은 뭐가 그리도 기분이 좋은지 입가에 유쾌한 미소를 걸친 채 콧노래를 흥얼거렸다.

하지만 잔뜩 기대하며 걸음을 서두른 끝에 살육의 현장에 도착한 바로 그 순간, 기분 좋게 흥얼거리던 콧노래가 뚝 끊겼다. 입가에 걸쳐 있던 미소도 씻은 듯이 사라졌다. 반대로 임설아의 눈에는 진저리쳐지는 공포 대신 더할 수 없는 안도가 담겼고, 관여락의 얼굴에는 답답한 절망을 밀어내고 반가운 희망이 그 자리를 채웠다.

그도 그럴 것이 그들의 눈앞에 나타난 광경은 기대했던, 혹은 차마 볼 수 없을 것 같았던 그런 참혹한 광경이 아니었던 것이다.

무사했다.

모두가 살아 있었다. 아니, 죽은 자들도 있었다. 그러나 그 시체들은 청무도장의 것이 아니라 놀랍게도 흑지 고수들의 것이었다. 그리고 수십 구의 시체들 가운데에 홀로 오롯이 서 있는 사내가 있었다.

"무사해서 다행입니다, 임 관주님. 부문주님두요. 그리고…… 오랜만에 뵙는군요. 위 공자."

물론 그렇게 인사를 건네는 사내는 천풍이었다.

정말 천운이었다.

급한 마음에 서인찬마저 떼어 내고 홀로 내달린 덕분에 제시간에 당도할 수 있었던 것도, 뭔가 부산스럽고 소란스러운 느낌에 앞뒤 재지 않고 지부의 담을 넘은 것도.

단 일각만 지체했어도 그리운 사람들의 웃는 얼굴이 아니라 그들의 시체를 볼 뻔했다.

반가움에 달려들어 와락 품에 안기던, 어느새 훌쩍 커버린 상아의 어여쁜 얼굴도, 이젠 헌헌장부 어엿한 청년이 된 상무와 사우의 멋진 모습도 보지 못할 뻔했다.

하지만 그들이 오랜 해후의 반가움을 채 나누기도 전이었다.

"죽여!"

위서량이 악을 쓰듯 그렇게 소리를 질렀다.

그와 동시에 위서량을 호위하던 흑지의 무사들이 천풍을 향해 덮쳐들었다.

그러나 흑지의 일만 정예 속에서도 홀로 사천 명을 도륙해 버렸던 천풍이었다. 고작 스물 남짓으로는 천풍에게 아무런 위협도 되지 못했다.

실로 간단했다.

정말이지 이보다 간단할 수 없을 정도였다.

천풍의 손에 들린 묵필은 한 명당 딱 한 번씩만 움직였다. 화려하지도 않았고 위력적으로도 보이지 않는 단순한 휘두름이었다. 그런데도 그 한 번의 휘두름에 흑지의 고수들은 여지없이 심장을 관통당해 피를 뿜고 쓰러졌다.

청무도장의 그 누구도, 심지어 관여락조차도 천풍의 그 같은 신위는 처음 접하는 것이었다. 그들의 눈에 천풍의 신위는 이미 그 자체로 충격이었고 경외였다.

물론 위서량만큼은 예외였다.

그에게 천풍의 신위는 더 이상 충격도 경외도 아니었다.

이미 용궐에서 이보다 더 압도적인 신위를 두 눈으로 목격했었다.

지금 그에게 있어 천풍은 경외가 아니라 그저 증오의 대상일 뿐이다.

그러나 너무 멀었다.

감히 그의 손이 닿을 수도 없는 먼 곳에 있었다. 그 사실을 지금 이 순간 다시 한 번 확인하고 있을 뿐이다.

천풍의 강함에 미치도록 화가 치밀었다.

자신의 무력함이 이가 갈리도록 싫었다.

지금 이 순간 가슴 저 깊은 곳에서 머리를 치켜드는 공포가, 나약함이 너무도 한심해서 견딜 수가 없었다.

'죽인다!'

그것밖에 없었다.

지금 이 순간 그가 할 수 있는 것은 온 힘을 다해 화를 내는 것뿐이었다.

"개자식아! 죽엇!"

천풍을 향해 그동안 쌓아 왔던 모든 분노를, 증오를, 질투를 그렇게 폭발시켰다.

천풍은 자신을 향해 달려드는 위서량을 보며 마음이 착잡했다.

악연이었다.

위서량으로 인해 현천문 문도 천오백이 용궐에서 죽었다. 소림에서 도제의 손에 치명적인 부상을 입었던 것도 위서량 때문이다. 그것으로도 모자라 줄곧 현천문도들을 핍박하고 심지어 오늘은 청무도장을 상대로 참혹한 살육을 벌이려고도 했다.

그런데도 이상하게 위서량을 보는 마음에 분노보다는 안타까움이 앞선다.

엄밀히 따지면 위서량이 행한 그 모든 악행들이 결국 자신에게서 비롯되었기 때문인 걸까?

자신에 대한 질투와 오해들이 뒤섞여서 그래도 한때는 영민했던 무림의 후기지수가 이렇게 추락해 버렸다는 사실이 마음을 무겁게 했다.

하지만 이제 와 돌이킬 수 있는 것은 아무것도 없다.

자신이 용서를 한다고 해서 위서량이 행한 일들이 모두 없었던 일이 되는 것도 아니고, 지난 철사금장의 일을 직접 해명한다고 해도 이미 금강석보다 단단해진 오해와 증오가 사라질 리도 없다.

그럼에도 비틀린 위서량의 인생이 가엾다.

돌려놓을 수만 있다면 그렇게 해 주고 싶었다.

천풍은 묵필을 거두었다.

그리고 광기에 차서 달려드는 위서량을 향해 손을 뻗었다.

천풍의 손이 향하는 곳은 결이었다.

결의 무예.

참으로 오랜만이었다.

떠올려 보자면 도문이 멸문했던 그때, 금천우로부터 호된 꾸중을 들은 이후 처음인 것 같았다.

다시는 쓰고 싶지 않은 무공이었다.

그래서 천극신공을 만들었고 지금껏 그 어떤 상황에서도 결의 무예만큼은 피했던 것인데, 이번만큼은 결의 무예를 쓰고 싶었다.

완전한 소멸.

존재가 사라진다고 해서 사람들의 기억에서마저 사라지는 것은 아니지만, 어쩐지 그리하는 것이 그가 할 수 있는 최선의 배려일 것 같았다.

그리해 천풍의 손이 위서량의 결에 닿았다.

지금껏 결이란 천풍에겐 한없이 가벼운 것이어서 그것과 연결된 생명마저도 사소하게 만들었는데, 지금 이 순간 손아귀에 들어온 위서량의 결은 무거웠다. 그 생명이 사소하지도 않았다. 그래서 아주 잠깐의 망설임이 있었다.

하지만 그것뿐이었다.

이윽고 천풍은 위서량의 결을 부서뜨릴 듯이 강하게 움켜쥐었다. 그리고 언제나 그랬던 것처럼, 또한 원래부터 그 자리에 없었던 것처럼 위서량은 사라졌다.

* * *

위서량이 죽고 나자 상황은 일사천리로 정리가 되었다.

천풍을 감당하기엔 역부족이라 생각했는지, 아니면 이

사실을 본대에 알리는 게 시급하다 생각했는지 아직 남아 있던 흑지의 고수들도 종적을 감추었다. 흑지 고수들이 종적을 감추자 타 문파에서 파견 나와 있던 자들까지 모두 달아나 버렸다.

그리해 모든 상황이 일단락되자 관여락이 천풍에게 말했다.

"천목산으로 가야 할 것 같습니다."

"천목산이요?"

"어차피 여기 청무도장 분들도 당분간은 청무도장으로 돌아갈 수 없을 터이니 다른 안전한 장소를 찾기 전까지는 저희와 같이 계시는 것이 좋지 않겠습니까?"

물론 그렇긴 하다. 천풍이 청무도장을 구했다는 소식이야 바로 전해질 테니 이대로 청무도장으로 돌려보내는 건 그들을 사지로 내모는 것이나 진배없었다.

하지만 천목산이라?

"한데 어찌 천목산입니까?"

"그야 그곳 현천사가 우리 현천문의 임시 거처니까요. 마립, 마둥, 마화 세 분과 신분이 드러난 제자들이 지금 그곳에 몸을 숨기고 있습니다. 워낙에 산세가 험하고 깊은 곳이라 사람의 발길이 잘 닿지 않아 안전하기도 하거니와, 명색이 현천문이 시작된 곳이 아닙니까?"

그랬다.

그곳에서 여산삼귀와 함께 현천문을 열었었다.

또한 현천사라는 이름만 들어도 아련하고 그리운, 스승과 함께 그가 자랐던 곳이기도 했다.

"혹시 항아도 그곳에 있습니까? 무사합니까?"

"물론입니다. 문주님께 직접 당부도 받았는데 어찌 그분의 안전에 소홀했겠습니까? 진 소저께선 현천사에 안전히 잘 계십니다. 아, 그리고…… 거기에 한 분이 더 와 계십니다."

"……?"

"일기도향 추 소저 말입니다. 소림에서 문주님이 종적을 감추시고 얼마 안 있어 현천문으로 돌아오셨지요. 그분 덕분에 소림의 상황을 보다 일찍 접할 수 있었기에 망정이지, 그렇지 않았다면 자칫 몸을 피하는 것이 한발 늦어 큰 희생을 치렀을지도 모릅니다. 실제로 소림의 일이 장강 이남에 전해지기도 전에 이천의 흑지 고수들이 현천문을 급습했으니까요."

"아……!"

그렇잖아도 궁금했던 참에 실로 반가운 소식이었다.

추도향 덕분에 현천문 문도들이 무사했다는 것도 고마웠다.

"그럼 현천사에 가면 모두를 만날 수 있겠군요."

"길이 엇갈리지만 않는다면요."

"길이 엇갈리다뇨?"

"이번 청무도장의 일로 제가 급히 그쪽에 도움을 구했었습니다. 아마도 내일쯤에나 이곳에 당도할 것인데, 그렇다고 이곳에서 그분들을 마냥 기다릴 수도 없는 노릇이라 자칫 길이 어긋날 수도 있습니다."

하지만 그 같은 관여락의 걱정은 기우에 불과했다.

다행스럽게도 천목산으로 가는 길목에서 지원을 오던 여산삼귀와 어렵지 않게 조우할 수 있었다.

사실 시간으로 따지면 불과 반년도 되지 않는 시간인데도 상황이 만들어 놓은 거리감으로 인해 그들과의 만남은 실로 반가웠고 뜨거웠으며 즐거웠다. 다만 한 가지 아쉬운 것은 여산삼귀를 비롯한 이백의 지원군 중에 추도향은 보이지 않는다는 것이었다.

"아무래도 현천사를 비워 둘 수는 없어 지원은 저희만 왔습니다."

현천사에는 항아도 남아 있었다. 추도향이 지켜 주고 있다면 그보다 안심이 될 수는 없는 일이다. 그래도 자꾸 마음이 조급해져 걸음이 빨라지는 천풍이다.

아무튼 그렇게 현천사로 향하며 새삼 알게 되는 것들이

있었다.

관여락과 임설아의 관계가 생각보다 더 깊고 애틋하다는 것, 그래서 그들을 보고 있기가 조금은 민망하고 오글거린다는 것, 그리고 이제는 훌쩍 커 버린 상아와 상무 사이에서도 묘한 기류가 흐르고 있다는 것 등이었다.

그러고 보면 상아를 남몰래 좋아했던 상무였다.

'녀석. 말 한 번 못 꺼내 보고 속앓이만 할 줄 알았더니 제법이네.'

그렇게 청춘 남녀들이 만들어내는 훈풍에 행렬의 분위기는 사뭇 평온하고 여유로웠다.

마립은 한결같이 진중했고 마등은 또한 한결같이 호탕했으며, 요염과 퇴폐의 경계선에서 아슬아슬한 자태를 뽐내고 있는 마화는 터질 듯한 가슴골과 매끈한 다리로 청무도장 순진한 사내들의 마음을 흔들어 댄다.

지극히 일상적인 모습들이었다.

흑지로 인해 변해 버린 세상이 전혀 다른 세계의 일인 것처럼 느껴졌다.

하지만 이것이 평소의 모습은 아니었다.

천하태평처럼 보이는 마등조차도 세상이 바뀐 후 항상 날 선 눈빛으로 신경을 곤두세웠고, 마화 또한 비천각의 수하들을 통해 전해 듣는 무림의 동태에 항상 촉각을 곤두

세우며 긴장을 늦추지 않았다. 그것이 변해 버린 세상에서 그들이 버텨온 일상이었다.

지금의 평온도, 여유도 모두 천풍 덕분이다.

천풍의 존재가, 그 든든함이 그들을 다시 예전의 모습으로 돌아가게 만든 것이다.

그건 천풍 또한 다르지 않았다.

상처를 치료하는 사이 모든 것이 낯설게 변해 버린 세상이 어색하고 불편하기만 했었는데, 그들의 친숙하고 익숙한 모습들을 보고 있자니 마치 고향으로 돌아온 낙향 문사의 마음처럼 안심이 되고 정겹다.

지금만 같을 수 있다면 세상이 흑지의 것이 되었든 다른 누구의 것이 되었든 무슨 상관일까 싶은 생각마저 들었다.

'물론 흑지의 세상에서는 절대로 지금과 같을 수는 없을 테지만…….'

그래서 지금의 평온을 지켜 내기 위해서라도 그는 결국 많은 피를 그 손에 묻히게 될 것이다.

생각하니 다시금 마음이 무거워진다.

천풍은 그런 무거운 마음을 애써 털어 버리고는 일행들이 만들어 내는 정겨움 속에 끼어들었다. 그렇게 천목산에 이르렀고 더없이 익숙한 산길을 올라 현천사에 도착했다.

그리고 거기에서 또한 더없이 반가운 얼굴을 보았다.

천풍을 보며 함박웃음을 보여 주는 항아와 숨길 수 없는 반가움을 그저 지긋한 눈길로 대신하는 추도향이 거기에 있었다.

그들의 얼굴을 보는 순간, 그때까지도 마음속에 찌꺼기처럼 남아 있던 무겁고 답답한 감정이 정말 거짓말처럼 씻은 듯이 사라졌다.

그저 좋았다.

잡것 하나 없는 반가움과 그리움이 어떤 울컥함으로 차오른다.

그리해 천풍은 그들을 보며 참으로 기분 좋게 웃었다.

제6장

근거 없는 자신감

"그래서…… 이제 어떻게 하실 거죠?"

추도향이 물었다.

추도향의 물음에 관여락이 덧붙였다.

"아마 지금쯤이면 문주님의 소식이 흑지의 본대로 전해졌을 겁니다. 당연히 눈에 불을 켜고 문주님을 찾을 겁니다. 장강 이남의 경계도 강화될 테구요. 일단은 은밀하게 힘을 모아야 할 텐데 지금 상황에선 아무래도 움직이시기에 많이 불편할 것입니다."

"아니, 그 전에 흑지와 싸울 뜻은 세우신 건가요?"

수천수만의 목숨이 죽을 수도 있는 일이었다.

아니, 필경 그렇게 될 것이다.

추도향이 기억하는 천풍은 수천수만의 목숨을 딛고 넘을 정도로 치열하고 욕심이 많은 위인이 아니었다. 아무리 그것이 자신과 현천문의 생존을 위함이라 해도 그런 모진 결정을 내릴 수 있을 것 같지 않았다.

하지만 관여락은 흑지와의 전쟁이 일어나리라는 사실을 조금도 의심하지 않았다. 그녀가 알던 시절의 천풍과 관여락이 지켜보았던 천풍은 엄연히 다른 인물이었다. 그 다른 시간 속에서 천풍은 변했다. 아니, 충분히 성장했고 강해졌다.

그 손에 사천의 흑지 고수를 도륙하고도 후회를 하지 않았고, 철사금장 홍유로 인한 오해가 불거지자 무림맹과의 일전도 불사하며 당당히 맞섰다.

그런 천풍이 흑지와의 전쟁을 피할 리가 없다.

그의 생각대로였다.

천풍은 흑지와의 전쟁을 피할 생각이 추호도 없었다. 오히려 흑지가 중원을 넘은 것도, 그리해 중원 무림이 수많은 피를 흘리게 된 것도 모두 자신으로 인해 벌어졌다는 생각에 막중한 책임감마저 느끼고 있었다.

다시 처음으로 돌려놓아야 했다.

이를 위해 그 손에 수많은 피를 묻혀야 한다 해도 피하지 않을 것이다.

거부할 생각도 없다.

그러나 천풍의 입에서 흘러나온 대답은 그것과는 별개로 모두의 예상을 벗어난 것이었다.

"저는 숨을 생각이 없습니다. 은밀히 일을 도모하지도 않을 것입니다."

"무슨…… 말씀이신지?"

"현천문의 문을 다시 열겠습니다."

"……?"

"흩어져 있는 본문의 제자들을 다시 서호로 불러들이겠습니다."

"하오나 그건…… 이미 온통 흑지의 세상입니다. 장강 이남의 모든 문파가 흑지의 수족이 되어 있는 상황인데 버젓이 그 한가운데에 다시 문을 연다는 건 너무 무모한 일입니다. 전열이 채 갖추어지기도 전에 흑지의 본대가 쳐들어올 수도 있고 주변 모든 문파들이 흑지를 도와 저희에게 칼을 들이댈 수도 있습니다. 일단 주변 문파들부터 은밀히 포섭해 들어가는 것이……."

"아니. 그리하지 않을 것입니다. 그래서는 의미가 없습니다. 현천문을 택하느냐 흑지를 택하느냐는 그들에게 있어 생존이 걸린 일입니다. 사정을 하고 인정을 구한다고 해서 될 일이 아닙니다. 입으로 한 약조는 생존 앞에서는 더없이 무기력해질 수밖에 없으니까요. 마지막 순간에 그들은 철저히 강한 쪽을 택할 것입니다. 우리가 해야 할 일 또한 결국 이쪽이 더 강하다는 확신을 심어 주는 것입니다. 숨어서 은밀히……. 이는 스스로 약자임을 인정하는 것밖에 되지 않습니다. 해서……."

"……?"

"위협을 해 볼 생각입니다. 파천대성의 이름으로. 과연 그 이름이 얼마나 효과가 있을지는 모르겠습니다만……."

그리해 세상에 소문이 퍼졌다.

먼저 죽었다고 알려진 파천대성의 생존 소식이었다.

소림에서 도제의 손에 죽었다고 알려진 파천대성이 흑지의 부양 지부를 급습해 배신자 위서량을 응징하고 흑지의 고수들을 도륙해 버렸다는 것이다.

그러나 사람들은 믿지 않았다.

파천대성에 대한 그러한 소문이 난 게 한두 번이 아니었고 그때마다 헛소문이었음이 판명 났기 때문이다.

그렇게 기대하는 것마저도 두려울 만큼 실망에 지친 사람들의 귀에 이어서 들려온 소문은 현천문에 관한 것이었다.

파천대성이 종적을 감춘 후로 굳게 닫혀 있던 현천문의 문이 열렸다는 것이다. 뿐만 아니라 각지로 흩어졌던 현천문도들이 서호로 몰려들고 있다는 소식도 들렸다. 더구나 직접 서호로 가서 현천문을 두 눈으로 확인한 자들의 말이 속속 전해져 오자 사람들의 마음에 차 있던 불신이 점점 작아졌다.

설마 하는 마음이 생겼다.

어쩌면 정말 파천대성이 나타난 것일지도 모른다.

그러한 반신반의가 누군가에겐 설렘으로 또 누군가에겐 공포로 다가들던 그때, 현천문 앞에 포고문이 나붙었다.

중원 무림에 고한다.

지금까지의 죄는 묻지 않을 것이다.

그러니 지금이라도 흑지와 잡은 손을 놓고 현천문으로 오라.

그리하면 살 것이로되 그리하지 않으면 나 파천대성이,

중원에서 태어나 중원에서 자랐음에도 그 은혜를 저버린 배은!

외세에 굴복해 동지의 죽음으로부터 눈을 돌린 배신!
목숨을 연명하고자 자신의 뿌리를 잊고 사문마저 외면한 배덕!
그 모든 죄를 철저하게 물어 죽어 간 의기 있는 자들의 묘비에 피로써 용서를 구할 것이다!

포고문은 실로 단호하고 엄중했다.

그리고 그 진정은 무서울 정도로 강하게 사람들의 뇌리에 박혔다.

그도 그럴 것이 포고문에 적힌 파천대성이라는 이름은 사람들이 결코 허투루 흘려 넘길 수 있는 무게가 아니었던 것이다.

역시 살아 있었다.

파천대성이 살아 있다는 것만으로도 무림의 바람이 달라졌다. 거기에 더해서 종적을 감췄던 검문마저 현천문과 손을 잡았다는 소식이 공공연히 들려오고 있었으니 달라진 바람은 더욱 거세질 수밖에 없었다.

하지만 기대와는 달리 선뜻 그 바람에 올라타려는 자들은 없었다.

파천대성이 살아 있다고 해도 그것이 도제에게 패한 사

실까지 덮지는 못했다. 파천대성이라는 이름이 큰 만큼 그보다 더 크고 높은 것이 흑지 비사천문의 이름이었다. 더구나 그들이 지난 시간 동안 보여준 공포 정치는, 그 두려움은 단지 파천대성이란 이름만으로 떨쳐 낼 수 있을 만큼 가벼운 것이 아니었다.

"문주님은 물론이고 검문의 이름까지 같이 흘렸는데도 이렇게까지 반응이 없을 거라고는……."

관여락이 답답하다는 듯 혀를 찼다.

현천문으로서는 승부수를 던진 것이었다. 심지어 천풍은 그다지 않게 검문마저 끼워 넣는 편법까지 섰다. 그런데도 현천문의 문을 두드리는 자들이 없었다. 용궐에서의 일전이 있은 후 파천대성이란 이름을 얻고 서호로 돌아왔던 그때, 어떻게든 얼굴이라도 한 번 익히고자 눈이 닿지 않을 곳까지 줄을 서서 기다리던 지난날과는 너무도 대조적인 상황이었다.

하지만 그런 관여락의 조급함과 답답함과는 달리 천풍은 시종일관 여유로웠다.

'당장 흑지가 쳐들어온다고 해도 이상하지 않을 판국인데…….'

그게 자신감인지 아니면 무신경함인지 이젠 그마저도 헷갈릴 지경이다.

그런 관여락의 답답함을 읽었는지 천풍이 말했다.

"걱정하실 필요 없습니다. 한 번의 결정으로 생사가 가름되는 일인데 간단히 마음을 정할 수 있을 리가 없죠. 망설임이야 당연합니다. 아니, 그것만으로도 충분한 성과입니다."

"하오나 마냥 이대로 그들이 마음을 정하기만을 기다릴 수는 없지 않습니까? 지금이야 흑지가 잠잠하게 있지만 흑지가 본격적으로 움직이게 된다면 각지의 군소문파들 모두가 본문을 향해 칼을 겨눌지도 모릅니다. 망설임이란 끝나기 전까지는 그저 망설임일 뿐, 변화는 아니니까요."

"그렇죠. 망설임이란 끝나기 전까지는 그저 망설임일 뿐이죠. 그러니 이제 망설임을 끝내도록 도와줘야겠습니다."

"생각해 두신 것이 있습니까?"

"여행을 좀 다녀와야겠습니다."

"예?"

관여락이 그 즉시 이맛살을 구겼다.

갑자기 여행이라니?

일을 감당할 수도 없을 만큼 벌여 놓고 혼자 나가 버리면 그 뒷감당을 대체 어떻게 하란 말인가?

"문주님이 계시지 않는다는 것을 알면 흑지에서 가만히 있겠습니까?"

당장 흑지의 본대가 내려오지 않더라도 장강 이남에만 각 지역 지부에 깔린 흑지의 고수들이 족히 삼천은 넘었다.

지금이야 파천대성이란 이름 앞에 숨죽인 채 추이를 지켜보고 있지만, 만일 파천대성이 자리를 비웠다는 것이 알려지면 호시탐탐 현천문을 노리고 있는 그들이 가만히 있을 리가 없었다. 그 즉시 현천문을 노릴 것이다. 거기에 각 지역의 군소문파마저 합류한다면 승패를 떠나서 막대한 피해를 피할 수 없게 될 터였다.

"그러니 아무도 모르게 다녀와야죠."

관여락의 속도 모르고 참 태평하기만 한 천풍이다.

"무엇을 하시려는지는 모르겠지만 차라리 먼저 장강 이남에 깔린 흑지의 지부부터 정리하는 게 좋지 않겠습니까?"

사실 그는 천풍이 현천문의 문을 다시 열겠다고 했을 때 가장 먼저 흑지의 지부부터 정리를 할 줄 알았다.

그런데 어쩐 일인지 포고문만 내걸고는 천하태평인 채로 아무것도 하지 않았다. 그 바람에 오히려 당황한 것은 흑지였다.

선전포고나 다름없는 포고문을 공표해 놓고 정작 부양 지부보다도 가까이에 있는 여항 지부조차 건들지 않는다.

현천문에서 아무런 행동을 취하지 않는데 지레 겁을 먹고 본대로 돌아갈 수도 없는 노릇이었다. 그건 흑지의 위신과도 직결되는 일이었다.

그렇다고 무턱대고 공격을 감행하기에는 결과가 너무 뻔하다. 무의미한 희생만 늘어날 뿐이다. 본대에서도 현천문에서 먼저 움직이기 전까지는 그저 사태의 추이를 지켜만 보라는 지시가 내려올 뿐이었다.

그런 상황이었다.

일촉즉발의 팽팽한 긴장 속에서 서로 간에 이해할 수 없는 견제와 대치로 일관하고 있었다.

"이대로는 안 됩니다. 주변의 위험부터 치우지 않으면 사람들은 결코 우리 현천문의 편에 서지 않을 것입니다."

"그러니까 그건 급한 게 아니라니까요. 게다가 이곳 절강부터 강서, 호남, 복건, 광동, 광서, 귀주, 운남……. 제가 그 모두를 처리할 수는 없지 않습니까?"

"문주님은 그저 명만 내리시면 됩니다. 그럼 본문의 제자들을 각지로 나눠서 일거에 밀어붙이겠습니다. 지금 본문의 힘이라면 장강 이남을 능히 정리할 수 있습니다."

관여락의 말대로였다. 또한 그것이 장강 이남을 정리하

기에 가장 빠르고 효과적인 방법이었다.

하지만 일고의 가치도 없다는 듯 간단히 고개를 저어 버리는 천풍이다.

"물론 부문주님의 말씀대로 지금 본문의 힘이라면 제가 굳이 나서지 않아도 장강 이남을 정리하는 것쯤이야 충분히 가능할 겁니다. 무엇보다 수적으로 월등히 앞서니까요. 하지만 아무리 수적으로 월등히 앞선다고 해도 흑지의 고수들은 그렇게 만만한 자들이 아닙니다. 필경 우리 쪽의 피해도 상당할 것입니다."

"하오나 그 정도 희생도 감내하지 않고 어떻게 흑지를 이기겠습니까?"

"아뇨. 저는 희생 없이 이길 겁니다. 그게 안 된다면 희생을 최소화할 수 있는 방법을 찾을 겁니다. 더 큰 쓰임을 위해서라도 이런 데서 우리 현천문의 힘을 소모시킬 수 없습니다."

관여락은 대체 무슨 잠꼬대 같은 소린가 싶었다.

흑지를 상대로 희생 없이 승리를 거두겠다니?

터무니없는 망상이었고 철없는 유약함이었다.

하지만 그가 아는 천풍은 지극히 현실적인 사람이었다. 특히 용궐에서의 일을 겪고 난 후에는 필요하다면 무림맹과의 일전도 불사할 만큼 강한 군주로서의 면모를 보인 사람이었다.

'이거 참. 대체 무슨 꿍꿍이속인지…….'

전에는 그래도 속이라도 투명했는데 지금은 도무지 그 속을 읽을 수가 없다.

그렇게 답답해하며 머리를 굴려보던 중이었다.

그러다 문득,

'더 큰 쓰임을 위해서…….'

천풍이 그 말이 걸렸다.

더 큰 쓰임이라고 하면 하나뿐이다.

"그럼 혹시 흑지와의 마지막 전쟁을 위해서입니까?"

그 마지막 일전을 위해 현천문의 희생을 최소화하겠다는 뜻일까?

하지만 그마저도 틀렸다.

"아뇨. 흑지와의 마지막 전쟁, 그 이후를 위함입니다."

"……."

흑지와의 마지막 전쟁, 그 이후라는 건 대체 무슨 뜻일까?

또 대체 무슨 수로 현천문의 희생 없이 장강 이남에서 흑지를 몰아낸단 말인가?

관여락은 살면서 자신을 아둔하다 생각한 적이 단 한 번도 없었다. 그런데 지금 이 순간, 어쩌면 자신의 머리가 그리 영민한 편은 아니었을지도 모른다는 생각을 하게 된다.

그런 관여락의 자괴감이야 어떻든 천풍은 자리를 털고 일어섰다.

"아무튼 내일 날이 밝기 전에 바로 떠날 것이니 그리 채비를 해 주십시오. 채비라고는 해도 다른 것은 서인찬 부단주님께서 이미 다 손을 써 두셨으니 부문주님은 그냥 제자들 입단속만 하시면 될 겁니다."

"예. 그건 걱정하지 않으셔도 됩니다만…… 하온데 정말 어디를 가시려는 겁니까? 저만이라도 문주님의 행선지 정도는 알고 있어야 하지 않겠습니까?"

"아뇨. 알려드리지 않을 겁니다. 저는 이제 부문주님의 입을 믿지 않기로 했습니다."

"……?"

"저는 부문주님이 그렇게 입이 가벼운 분인 줄 미처 몰랐습니다."

"그게 대체 무슨 말씀이신지?"

"항아 말입니다. 항아가 제 동생이란 거, 추 소저가 알고 있더군요."

"아……."

"어떻게 된 일이죠? 저는 부문주님 혼자만 아시라 말

씀을 드린 것인데……."

"아니, 그게……."

천풍의 매서운 눈빛에 관여락이 진땀을 흘렸다.

천풍의 말대로 항아와 천풍의 관계를 추도향에게 말했다.

현천문 문도들 사이에서 돌아다니는 천풍과 항아에 대한 말들이 꽤나 신경이 쓰이는 눈치였다. 천풍의 마음을 몰랐다면 모를까, 천풍의 마음이 추도향에게 있는 것을 알았고 추도향 또한 크게 다르지 않은 감정임이 느껴졌다.

게다가 따지고 보면 그녀와는 별반 관계도 없는 현천문을 위해 끼니도 거르고 잠도 미룬 채 그렇게 몇 날 며칠을 달려와, 지치고 초췌한 얼굴로 흑지로부터의 위험을 알려주었을 때부터 그에게 있어 그녀는 이미 주모였다.

그 벅찬 고마움과 뜨거운 동지애가, 그리고 천풍의 생사를 확인할 길 없는 불안과 초조가 결국 주제넘게도 그에게 월하노인의 오지랖을 떨어 버리게 만든 것이다.

천풍 입장에선 그게 누구였든, 아니, 오히려 마음에 둔 여인이기에 더 알리고 싶지 않았을지도 모른다.

천풍에게 있어 진가장은, 그의 가족사는 말 그대로 결코 드러내고 싶지 않은 치부일 것이다. 어느 사내가 연정을 품은 상대에게 자신의 치부를 알리고 싶겠는가.

천풍의 입장에선 정말이지 기분 나쁠 수 있는 일이다.

경솔했다.

유구무언.

한 사람의 주군을 받드는 신하된 신분으로, 당장 혀가 잘린다고 해도 변명할 말이 없는 대죄를 저질렀음이다.

그러나 천풍의 매서운 눈빛은 이내 풀렸다.

"그러니 이건 그 벌입니다. 부문주님은 제가 돌아올 때까지 무진장 궁금해하며 애나 태우고 계십시오."

그렇게 말하는 천풍의 입가에는 짓궂은 장난기마저 보였다.

천만다행히도 그렇게 화가 나진 않았음이다.

어쨌거나 관여락을 몸 둘 바 모르게 만든 천풍은 울상이 된 관여락을 뒤로 하고 이내 집무실을 나갔다. 그리해 천풍이 향한 곳은 추도향이 머물고 있는 전각이었다.

늦은 시각이었다.

한데, 어쩐 일인지 이 늦은 시각에도 추도향의 처소는 정원까지 불이 환하게 밝혀져 있었다. 어딘지 부산한 느낌마저 들었다.

무슨 일인가 싶어 조심히 문을 열고 들어가 보니, 처소 앞 넓은 정원 중앙에 추도향이 보였다. 그리고 그녀의 옆에서 목도를 휘두르고 있는 왜소한 인형이 보였다. 굳이 달빛에 비친 얼굴을 확인하지 않더라도 그 인형이 항아라는 것은 금방 알 수 있었다.

이 시각에 항아가 추도향의 처소에 있다는 것이 의외이긴 했지만 그것이 놀랍다거나 새삼스럽지는 않았다. 근일 들어 부쩍 가깝게 지내는 두 사람이었다. 마화와 추도향을 제외하곤 여자가 거의 전무하다시피 한 현천문이었고, 아무래도 마화보다는 추도향이 의지가 되었는지 어미 오리를 쫓아다니는 새끼 오리처럼 유난히 추도향을 잘 따르는 항아였다. 그런 항아가 귀여웠는지 추도향은 지금처럼 틈틈이 부족한 내공심법이나 도법을 가르치곤 했다.

두 사람의 모습이 참 보기 좋아 마냥 그렇게 구경하고 싶었지만 여인네들의 사생활을 훔쳐보는 것은 예의가 아닌지라 인기척을 냈다.

"어? 문주님!"

먼저 천풍을 확인하고는 쪼르르 달려오는 항아다.

"여긴 어쩐 일이시죠?"

뒤이어 여전히 조금은 딱딱한 어조로 추도향이 그렇게 물어 왔다.

천풍은 추도향에게 살짝 고개를 숙여 보이고는 항아에게 말했다.

“추 소저와 할 이야기가 있는데 잠시 양보 좀 해 주시겠습니까?”

천풍의 말에 추도향과 천풍을 번갈아 보던 항아가 이내 환히 웃으며 고개를 끄덕였다.

“어차피 시간도 늦었고 해서 지금 막 돌아가려던 참이었어요.”

그렇게 말하며 항아가 처소를 떠났다.

항아가 떠나자 추도향이 먼저 물었다.

“언제까지 숨기실 생각이죠?”

“예?”

“항아 말이에요.”

“아…….”

천풍이 쓴웃음을 베어 물었다.

그런 천풍을 보며 추도향이 재차 물었다.

“진가장과는 연을 끊었다고 해도 항아는 문주님의 동생 아닌가요? 그걸 인정했으니 현천문으로 데려온 것일 테구요. 그럼 적어도 그녀에겐 사실을 알려야 하는 것 아닌가요?”

“저는…… 그냥 이대로 둘 생각입니다.”

“그럼 평생 항아에게 진실을 숨긴 채 남처럼 지낼 거란 말인가요? 대체 왜요?”

"처음에는 언제고 그 아이에게 진실을 말하려고 했습니다. 그럴 생각으로 현천문으로 데려온 것이구요. 하지만 지금은 상황이 달라졌습니다."

"……?"

"제가 이제부터 아주 큰 욕심을 부려볼 거거든요. 만일 그것이 성공한다면 지금과는 많은 것이 달라질 겁니다. 현천문도, 저도, 그리고 제 주변의 모든 것들도……. 전 그 아이가 과분한 것을 얻어 스스로를 잃게 되는 것도, 그로 인해 감당할 수 없는 책임을 짊어지는 것도, 또한 짊어지지 않아도 될 위험을 떠안게 되는 것도 원치 않습니다."

"……."

지금 추도향의 심정은 조금 전 관여락이 느꼈던 것과 조금도 다르지 않았다.

도무지 무슨 속인지 알 수 없다.

그런 추도향의 심장이야 어떻든 천풍이 돌연 말을 돌렸다.

"그래서 말인데…… 내일 날이 밝기 전에 어딜 좀 다녀올 계획입니다."

"어딜……?"

"호남성입니다."

"호남성……? 호남성이라면 거리가 상당한데……."

"예. 일정이 좀 길어질 겁니다."

"대체 어딜 가시려는 건진 모르지만 지금 상황이 문주님께서 오래 자리를 비우실 상황은 아니지 않나요?"

관여락이 했던 걱정을 당연히 추도향도 하게 된다.

천풍은 그런 추도향의 걱정에 여유로운 표정으로 고개를 저었다.

"제가 아는 한 기밀만 유지된다면 크게 걱정할 일은 생기지 않을 것입니다. 그보다 추 소저께서 같이 동행을 해 주셨으면 좋겠는데 말입니다."

"제가요? 제가 필요한 일인가요?"

"아뇨. 딱히 그런 건 아닙니다만…… 그저 추 소저와 같이하고 싶어서요. 저번에는 회합이다 뭐다 해서 일정이 너무 촉박하지 않았습니까? 그래서 이번엔 추 소저와 함께 좀 느긋하게 세상 구경을 해 보려구요."

전에는 현천문에 머물라 달라, 그 말을 하는 중에도 부끄러워 어쩔 줄을 몰라 했었는데 지금은 추도향을 바라보는 시선이 흔들림 없이 곧고 지긋하다.

한 번씩 헤어졌다 재회할 때마다 이렇게 달라져서 나타나는 천풍이다. 그것이 천풍의 사내로서의 성장인지 아니면 그녀에 대한 마음이 깊어진 것인지는 모르지만 그녀는 그 변화가 싫지 않았다.

그렇게 천풍과 추도향은 날이 밝기 전 어둠을 빌려 현천문을 떠났다. 그들이 향한 곳은 소흥의 소흥전장이었다.

"이거 참. 편하게 여행할 수 있을 거라는 말은 들었지만 설마 이렇게까지 하실 줄은……."

천풍이 마차 안을 두리번거리며 연신 고개를 잘래잘래 저였다.

마차가 크고 넓기도 했지만 무엇보다 지나치게 휘황찬란했다. 게다가 외형은 더했다. 이게 대체 마차가 맞긴 한 건지, 실은 궁궐을 옮겨다 놓은 건 아닌지 헷갈릴 지경이었다.

'성친왕 전하의 이름을 빌릴 겁니다. 두 분은 성친왕 전하 내외분이 되는 것이죠. 그러니 마차가 이 정도는 되어야 마땅하지 않겠습니까?'

졸지에 황족의 신분을 위장하게 된 것이다.

성친왕은 인삼 교역권에 관한 일로 여전히 현천상단과 깊은 친분을 유지하고 있었다. 그 친분을 빌미로 잠시 성친왕의 이름을 빌린 것이다.

덕분에 몸에 맞지 않은 옷을 입은 양 불편해하는 천풍

이다. 하지만 그것도 잠깐이었다. 이내 마음을 고쳐먹고는 그 안락함을 즐겼다. 무엇보다 성친왕이라는 이름 앞에 감히 누구도 마차를 막아 세우지 못하니 서인찬의 영민한 계책을 칭찬이라도 해 줘야 할 판이었다.

아무튼 그렇게 그는 마음 편히 그 여정을 즐겼다.

창밖으로 흘러가는 풍경들을 기분 좋게 즐기는가 하면 절경이라 소문난 곳에 이르면 마차를 세워 두고는 그 절경에 연신 감탄을 토했고, 그림 좋은 냇가라도 볼라치면 추도향의 손을 잡아끌어 시원한 냇물에 발을 담그기도 했다.

그야말로 무료한 황족의 팔자 좋은 세상 유람, 딱 그것이었다.

하지만 그런 천풍과는 달리 추도향은 마냥 그 여정을 즐길 수가 없었다.

결국 참다못해 물었다.

"어떻게 그렇게 천하태평일 수가 있죠?"

이대로 가다간 열흘이면 될 거리를 달을 넘겨서야 도착할 수도 있었다.

"정말 현천문이 걱정되지 않으세요? 아무리 우리가 자리를 비운 것을 흑지에서 모른다고 해도, 그간 흑지가 보여 온 파격적인 행보들을 생각해 본다면 결코 안심할 수 없는 일 아닌가요?"

외부인인 자신도 이렇게 걱정이 되는데 어떻게 정작 주인인 천풍이 이렇게도 태평일 수 있는지 도무지 이해가 되지 않았다.

"그러니까 흑지에 관해서는 크게 걱정치 않으셔도 된다고 말씀드렸지 않습니까?"

괜한 노파심이라는 듯 히죽 웃어 보이기까지 한다.

정말이지 이 대책 없는 여유와 자신감의 근거를 모르겠다.

혼자만 천하태평인 것이 얄밉기까지 했다.

그런 추도향의 마음을 읽었는지 천풍이 그제야 입가에서 웃음을 지우고 한결 진중해진 표정으로 말했다.

"현천문에 제가 없다는 것이 확실해지기 전에는 군주 아극소는 절대로 현천문을 범하지 못할 것입니다. 그럴 만한 용기를 내기에는 저란 존재가 그에겐 너무 커져 버렸기 때문입니다."

"아극소가 문주께 겁이라도 먹고 있다는 말인가요?"

"예. 그는 제가 몹시도 두려울 겁니다."

천풍의 그 같은 말에 추도향이 미간을 찌푸렸다.

사막에서 아극소를 처음 본 날을 기억한다.

살기를 풍기는 것도 아니고 엄청난 기도를 내뿜는 것도

아니었다. 단지 그가 옆에 서 있는 것뿐인데도 서슬 퍼런 칼날이 목을 휘감고 있는 듯한 공포를 느꼈었다.

그런 아극소가 천풍에게 겁을 먹어서 현천문을 칠 엄두도 내지 못한다는 것이 선뜻 와 닿지 않았다. 하지만 그렇다고 천풍의 말이 허풍이나 과장으로 들리는 것도 아니었다.

"소림사에서…… 무슨 일이 있었던 거죠?"

"도제와 싸웠습니다."

그거야 이미 익히 소문이 나 있는 일이었다.

"하지만 패했잖아요."

"예. 어찌 됐든 결과는 그렇게 되었죠. 하지만 느꼈을 겁니다. 도제가 없이는, 그 혼자의 힘만으로는 절대로 저를 넘을 수 없다는 것을요. 그날 저를 보던 그의 눈빛은 분명 그랬습니다."

참으로 주관적이고 근거 없는 자신감이다. 그런데도 역시 허풍으로도, 과장으로도 들리지 않는다.

"좋아요. 그건 그렇다고 쳐요. 하지만 어디까지나 그건 도제가 없을 때 얘기잖아요?"

안타깝게도 도제는 건재했다.

"아닙니다. 제 생각이 맞다면 도제의 상태가 그리 좋지가 못할 겁니다."

"그럼 혹시 그날 도제도 같이 부상을 입었던 건가요?"

"아뇨. 다친 것은 저 혼자입니다."

"한데 어찌……?"

"지금 도제는 폐관에 들었다고 하더군요."

"폐관이요?"

"예. 흑지에서 철저히 감추고는 있지만 검문의 문주가 직접 알아보신 것이니 틀린 정보는 아닐 겁니다. 그리고 그 정보가 맞는다면 도제가 폐관에 든 이유는 하나뿐입니다."

"……?"

"다시 세상으로 돌아오려는 발버둥. 전에 소저께서 신비살수 현천이 이렇게 말했다 하셨죠. 도제는 세상에 머물러 있다는 것과 세상으로부터 버려졌다는 것의 의미도 온전히 이해를 못 했다고."

그랬었다.

현천이 도제를 찾아왔던 그때, 분명 그렇게 말했었다. 그리고 결국 부서지게 되는 것은 도제가 될 것이라고도 했었다.

"소저로부터 그 말을 들었을 때는 그저 막연하고 뜬구름 같기만 했었습니다만 도제를 만나고 나니 어렴풋이나마 그 의미를 알겠더군요. 적어도 세상으로부터 버려졌다는 것이 얼마나 무서운 것인지, 그 외로움과 비참함이 얼마나 참혹한 것인지……. 저와 칼을 나누며 아주 잠깐이나마 다시 세상에 발을 들일 때의 그 희열과 안도는 실로 절절하고 절박해 보였습니다. 아마도 그분께 세상으로부터 내쳐진 이후의 삶은 그 자체로 이미 지옥이었을 테죠. 다시 돌아가고 싶었을 겁니다. 그래서 혹지를 일으켜 중원을 넘은 겁니다. 당신에게 철저히 등을 돌린 세상을 향해 제발 다시 당신을 돌아봐 달라, 다시 돌아갈 수 있게 문을 열어 달라 매달리고 사정하고 때로는 포악도 떠는……."

천풍의 말을 온전히 다 이해할 수는 없었다. 아니, 그 태반이 그녀에겐 뜬구름 잡는 이야기였다. 그래도 알아들을 수 있는 것 몇 가지는 있었다.

천풍이 말하는 세상이 흔히 사람들이 생각하는 세상과는 조금은 다른 개념일 거라는 것과 도제가 자신으로부터 등을 돌린 세상으로 다시 돌아가기 위해, 그리해 지금 살고 있는 지옥으로부터 벗어나기 위해 폐관에 들었다는 것.

"그럼 세상으로 다시 돌아가기 전에는 폐관을 그만두지 않을 거라는 건가요?"

"그건 저도 모릅니다. 다만 제가 아는 것은 한번 세상으로부터 버림받은 자에게 세상의 문은 절대로 열리지 않는다는 것과 잠깐이나마 세상의 따뜻함을, 그 완전함을 다시 느껴 버린 도제가 그 미련을 쉽게 끊어 내지는 못할 거라는 것입니다."

"그래도 만일 미련을 끊어 내고 폐관을 그만둬 버리면요? 그래서 당장에 현천문을 치기라도 한다면요?"

"만일 그렇게 된다면 도제의 세상을 향한 한층 더 격해진 분풀이에 모두가 죽음을 면치 못하겠죠."

"그런데도 한가하게 이러고 있는 거예요?"

"도제가 세상으로 돌아오길 포기해 버린다면 어차피 그 자리에 제가 있다 한들 달라질 것이 없으니까요. 지금 저로서는 도제를 막을 방도가 없습니다."

"그럼 결국 우리가 죽고 사는 건 오직 도제의 손에 달려 있다는 건가요?"

"예. 전적으로 도제의 손에 달려 있습니다."

천풍의 말대로라면 그야말로 절망적인 상황이다.

아무리 만에 하나라지만 당장이라도 도제가 폐관을 그만둘지도 모르고, 그게 아니더라도 그 폐관이 영원히 지속될 리가 없는데 어떻게 이렇게도 한결같이 유유자적인지, 이젠 천풍의 그런 모습에 슬슬 약이 오르기까지 했다. 괜히 자신만 혼자 애태우고 걱정하는 게 손해처럼도 느껴졌다.

'하긴, 설마하니 아무런 대책도 없이 이러고 있진 않겠지.'

적어도 지금까지 그녀가 알던 천풍은 될 대로 되라 식의 단순무식과는 거리가 먼 사내였다.

결국 걱정은 접어 두기로 하고 이제부터라도 천풍처럼 마음을 편히 먹기로 했다.

그 이후로는 그야말로 산천 유람이었다.

진짜 황족의 산천 유람이라 한들 그보다 더 한가로울 수 없을 만큼 그들은 모든 걱정을 다 내려놓고 그 순간을 즐겼다.

다행히 천풍의 말대로 도제의 폐관이 쉬이 끝나지는 않을 모양인지 그동안 흑지에서는 별다른 움직임이 없었다.

그렇게 한 달이었다.

그렇게 한 달이 지난 후 그들을 태운 휘황찬란한 마차가 도착한 곳은 호남성 북쪽의 석문이었다. 정확히는 석문에 자리한 어느 문파였다.

마황성(魔皇城).

그랬다. 천풍이 그 긴 여정 끝에 추도향을 데리고 당도한 곳은 다름 아닌 마황성이었다.

제7장

천하경영(天下經營)

천국의 서

이진하가 천풍의 방문 소식을 접한 것은 막 스승 담우광을 만나고 오는 길이었다.

요즘 들어 하루도 빼먹지 않는 일과였다.

그를 칙칙한 어둠 속에서 건져 화려한 세상으로 이끌어 준 은인이며 의지할 수 있는 스승이었고, 그래서 그가 가장 두려워하던 존재인 담우광이었다.

하늘보다도 높고 금강석보다도 단단해 보였던 담우광에게서 마황성을 뺏고 단전을 부수고 사지 근맥을 끊어 지하 뇌옥에 처박았다.

남들이 보기엔 그것이 기사멸조이자 용서받을 수 없는

배은망덕한 악행이겠지만, 이진하에겐 오히려 사숙 엄승의 야욕을 뻔히 알면서도 모른 척 눈감아 준 것으로도 모자라 급기야 마황성마저 미련 없이 내주려 했던 담우광의 무욕과 무탐, 절제야말로 더할 수 없는 배신이었고 기만이었다.

자신의 것을 남에게 빼앗기는 것, 그것이야말로 이진하에겐 용서할 수 없는 죄악이고 위선인 것이다.

그리해 담우광에게 독주를 건넸다.

빼앗기지 않기 위해.

내 것을 지키기 위해.

어떤 죄악감도 없었다.

죄악감은커녕 적어도 이진하에게 있어서만은 그것은 생애 최고의 업적이었고 자랑스러운 무용담이었다.

지하 뇌옥에 갇혀 초췌해지고 무기력해진 담우광의 모습을 보고 있노라면, 늙어 낙향한 문사가 과거의 화려했던 젊은 날을 떠올리며 추억에 젖는 것처럼 그렇게 시름을 잊을 수 있었다. 그래서 매일 거르지 않고 담우광을 찾았다. 그건 곧 요즘의 하루하루가 그만큼 성에 차지 않는다는 뜻이었다.

정말이지 모든 게 다 마음에 안 들었다.

천풍이라는 크고 든든한 뒷배를 이용하여 무림삼분계의 한 축이 되고자 흉계를 꾸며 철사금장마저 죽였는데, 그런

노고가 천풍의 무모한 객기와 서푼어치도 안 되는 하잘것 없는 정의감으로 인해 일순간에 수포로 돌아가 버리고 말았다.

어쩔 수 없이 차선으로 흑지의 편에 서서 무당파를 멸문지경에까지 이르게 했지만, 공에 대한 상은커녕 마황성 성도의 절반을 흑지에게 강제 복속 당했다. 거기다 들리는 소문에 의하면 죽었다던 천풍마저 멀쩡히 살아서는 현천문을 다시 열었다 한다.

사실 그의 마음을 가장 심란하게 만드는 것이 바로 그것이었다.

애초에 흑지에게는 크게 기대도 하지 않았다.

오직 생존을 위한 선택이었고 이렇듯 목숨이라도 지켰으니 그것으로 되었다. 하지만 천풍에 관한 일은 그렇게 마음 편히 생각할 수가 없었다.

소림에서 도제의 일격에 당해 목숨을 잃었다는 소식을 들었을 때, 이진하가 느낀 감정은 실망도 안타까움도 아닌 분노였고 배신감이었다.

자신이 그렇게 말렸는데도 기어이 도제를 만났다면 그렇게 허무하게 패배해서는 안 되었다.

그리해 무림삼분계도 천하양분계도 모두 수포로 돌아가 버렸다.

참으로 멍청하게도 그 하잘것없는 정의감과 책임감 때문에 천풍이 그동안 쌓아온 모든 성과를, 그리고 자신과 함께 앞으로 만들어 갈 보다 위대하고 찬란한 결과마저 그렇게 잃어버린 것이다.

그것이 정말이지 화가 났다.

이진하가 마황성을 이끌고 흑지의 밑으로 들어간 것은 그게 생존을 위한 유일한 방법이라 판단한 것도 있지만 그보다는 천풍에 대한 분노가 더 컸다. 그리고 무당파는 그저 그 분풀이의 대상이었을 뿐이다.

한데, 천풍이 살아 있다고 한다.

아니, 애초에 죽었을 거라곤 생각하지 않았다.

하지만 도제에게 당한 패배는 죽음보다 깊고 짙은 것이었다. 도제와의 고하가 명백해져 버린 이상 천풍의 생사 여부와는 상관없이 파천대성의 생명은 끝이 난 거였다.

그래서 잊었다.

더 이상 천풍은 이진하에게 아무런 의미도, 어떠한 가치도 없는 존재였다.

그런 줄로만 알았다.

천풍의 소식을 듣기 전까지는.

그런데 아니었다.

도제에게 패한 순간 파천대성의 생명은 끝이 났을지도

모르지만, 흑지의 이름 앞에 언제고 묻히고 덮여 사라져 버릴 수 있는 존재였지만 적어도 이진하에게만은 그렇게 간단히 지워 버릴 수 있는 존재가 아니었다.

천풍의 소식을 접한 후로 도무지 마음이 잡히지 않았다.

가슴은 돌덩이처럼 무거웠고 손도 떨렸다.

산새의 울음소리에 화들짝 놀라기도 하고 스치는 바람에 머리털이 곤두서기도 했다.

그것은 분명 공포였다.

그제야 알았다.

용궐에서의 그 압도적인 신위 앞에 굴복해 버린 것은 흑지만이 아니었다는 것을.

그때 이미 천풍에게 마음이 무너져 버렸다는 것을.

그렇게 지내 온 시간이었다.

비참한 몰골의 담우광을 보며 마음에 스멀거리는 불안을 애써 외면해 왔다. 그런데 지금 이곳에 천풍이 찾아왔다고 한다.

수하가 그 소식을 전해왔을 때는 그야말로 심장이 멎는 줄 알았다.

'왜 왔을까?' 라는 의문보다 '어쩌지?' 라는 망설임이 먼저 들었다.

그가 알던 천풍은 결코 살귀의 모습이 아닌데도 천풍의

이름을 듣는 순간, 용궐에서의 바로 그 악귀 같던 모습만이 떠올랐다.

더구나 흑지와 손을 잡고 그것으로도 모자라 무당에서 수많은 피를 뿌렸다. 흑지와는 한 하늘을 이고 살 수 없는 천풍이고 무당파에는 형제의 의를 맺은 진현이 있었다. 그런 천풍과 그는 결코 웃으면서 볼 수 있는 사이가 못 되었다.

어쩌면 흑지와의 전쟁을 선포하기 위해 왔을지도 모른다.

그 첫 시작을 알리는 제물로 마황성을 택한 것일 수도 있다.

아니, 그 상징성이나 반향성을 생각한다면 마황성만큼 최적인 곳도 없다.

'만일 그런 거라면…….'

순순히 당해 줄 마음이 눈곱만큼도 없다.

이진하는 그 즉시 스승 담우광에게 먹였던 무색, 무취, 무미의 취혼독을 다시 꺼냈다.

그리고 마음에 담은 흉심을 천진한 웃음 뒤로 감추고 천풍을 맞았다.

"하하. 천풍 형님. 실로 오랜만에 뵙는군요. 이렇게 강녕하신 줄도 모르고 그동안 얼마나 노심초사를 했던지…….

이 아우, 그동안 형님 걱정에 잠도 제대로 못 잤다니까요. 하하하."

*　　*　　*

천풍은 이렇다 할 말 한 마디 없이 이진하를 보고만 있었다. 반대로 이진하는 품속의 취혼독을 만지작거리며 천풍의 의중을 살피는 데 온 신경을 집중하고 있었다.

하지만 도통 속을 알 수가 없다.

답답한 마음에 슬쩍 천풍 옆의 추도향을 보았지만 그녀 역시도 그의 심정과 같은지 그저 의문을 담은 시선으로 천풍과 이진하를 번갈아 보고 있을 뿐이었다.

그래도 하나 안심이 되는 것은 천풍의 얼굴에 적어도 살기는 보이지 않는다는 것이다. 살기는커녕 시종일관 입가에 미소를 머금고 있었다.

그런데 그 미소가 묘한 압박감으로 다가온다.

마음이 답답했다.

정적은 불편했다.

결국 참다못해 먼저 입을 열었다.

"그래서…… 여기까진 어쩐 일이세요? 혹시 제가 흑지와 손을 잡은 것을 꾸중이라도 하시려고 오셨어요? 그런 거라면 저는 형님께 그런 꾸중을 들을 이유가 없어요. 전에도 말씀드렸다시피 마황성이 흑지와 손을 잡게 된 건 어디까지나 형님의 고집 때문이니까요."

도둑이 제 발 저린다는 게 이런 것이 아닐까?

괜히 찔려서는 변명이 늘어진다.

소악귀 이진하란 인간은, 그 본성대로라면 이렇듯 위험천만한 상황에 그저 변명이나 늘어놓고 있지는 않았을 것이다. 주머니 속의 취혼독을 그저 만지작거리고만 있지도 않았을 것이다. 이미 천풍 앞에 놓인 용정차에 독을 뿌려두고 그의 마지막 순간을 느긋하게 즐겼을 것이다.

그런데 천풍 앞에서는 도무지 어울리지 않게도 구차한 변명이나 늘어놓고 있으니 그런 스스로가 한심하다 못해 어이가 없을 지경이다.

그 같은 이진하의 마음을 읽은 것인지 천풍의 입가에 머물고 있는 미소가 조금 더 짙어졌다. 천풍이 처음으로 말문을 연 것은 그때였다.

"나는……."

"……?"

"나는 지난 일을 따지자고 널 만나러 온 것이 아니다. 네 말대로 그 일은 어차피 나로 인해 빚어진 일이니 내게는 너를 탓할 자격이 없다. 내가 이렇듯 널 찾아온 것은 지난 일을 따지려는 것이 아니라 앞으로의 일을 묻고자 온 것이다."

"앞으로의 일이라고요?"

"흑지와의 관계를 끊어라."

"뭐라구요?"

"흑지와의 관계를 끊고 그 전처럼 내 손을 잡아라. 그리하면 내가 너를 지킬 것이다."

"하……."

이진하가 어이없다는 표정으로 천풍을 보았다.

"그게 그렇게 간단히 되는 일이라고 생각하세요?"

"간단하지 않을 이유도 없지."

갈수록 가관이다.

"이보세요, 천풍 형님. 형님의 말씀은 우리 마황성의 존망을 형님께 걸라는 건데 그게 어떻게 간단한 일이에요?"

"왜? 마황성의 존망을 걸기에는 내가 미덥지 못한 것이냐?"

"당연한 거 아니에요? 이미 중원 무림의 칠 할을 먹어치웠다고 해도 과언이 아닌 흑지인데, 고작 가진 거라곤 현천문 하나뿐인 형님을 제가 어떻게 믿고 마황성의 미래를 맡긴단 말이에요?"

"그 칠 할 중 이 할은 마황성의 것이 아니냐? 마황성이

내 손을 잡아 주면 얼추 균형은 맞지 않겠느냐?"

"그러니까 제가 왜 그래야 하는데요? 그냥 지금 이대로 흑지의 편에 있으면 적어도 생존은 보장되는데 왜 제가 굳이 위험을 감수하고 형님 편에 서야 하느냐, 이 말이에요. 그럴 이유가 없잖아요?"

"아니, 너와 마황성은 안전하지 않을 것이다. 흑지가 중원 무림의 칠 할을 먹어 삼켰든 팔 할을 먹어 삼켰든, 그래서 내가 가진 것이 현천문뿐이라 해도 내가 흑지를 무너뜨릴 테니까. 그리되면 흑지에 붙어 무당파의 그 많은 피를 손에 묻힌 마황성을 무림인들이 결코 용서치 않을 테니까."

"하하……."

허탈한 웃음부터 나온다.

이젠 어이없는 것을 넘어 혼란스럽기까지 했다.

'대체 이 근거 없는 자신감은 뭐지?'

아무리 천풍의 무예가 대단하다고 하지만 흑지의 삼만 부대에 중원 무림의 칠 할을 현천문만으로 상대한다는 것은 불가능한 일이었다. 게다가 이미 도제에게 패한 전적까지 있지 않은가?

도제 하나도 감당하기 벅찬 것이 사실일진대 대체 저 자신감은 어디에서 오는 것이란 말인가?

'몇 달 못 본 사이에 완전히 딴사람이 된 것 같잖아?'

그전에는 오히려 겸손이 지나쳐 소심해 보이기까지 했던 천풍이었다.

과연 그가 알던 천풍이 맞는가 싶었다.

하지만 그럼에도 이상하게 그 자신감이 전혀 어색하지 않다. 원래부터 그런 사람이었던 것처럼 그 당당함이 너무도 자연스러워서 그가 하는 터무니없는 말조차 허풍으로 들리지 않는다.

'정말 진심인 거야, 뭐야?'

새삼 천풍을 살피지만 도무지 그 속을 알 수가 없다.

"좋아요. 그렇다고 쳐요. 제가, 우리 마황성이 흑지와의 관계를 끊고 형님과 손을 잡는다고 쳐요. 그래서 흑지를 이겼다고 치자구요. 근데 그다음에는요? 어떻게 우리 마황성을 지켜 줄 거죠? 우리가 형님을 도와 흑지를 몰아낸다고 해도 무림인들은, 특히 정파의 위선자들은 결코 마황성의 존재를 인정하려 하지 않을 거예요. 아마도 무당파의 생존자들을 앞장세워 무당파가 당한 그 이상으로 마황성을 갈기갈기 찢어 놓으려 할 테죠. 그런데도 우리를 지켜 줄 수 있다 확언할 수 있어요? 아무리 파천대성의 일언이 무겁다고 해도 정사 간에 피로 맺은 원한을 중재할 수 있을 만큼 무겁지는 않을 텐데요? 그것이 가능할 거라고 생각하신다면 그거야말로 오만이고 착각 아닌가요?"

"물론 나도 파천대성의 일언이 그 정도의 힘이 있을 거라고는 생각지 않는다. 그래서 흑지를 쳐 내고 나면 소림과 무당, 형산과 청성이 다시 옛 영광을 찾을 수 있도록 구대문파를 도울 생각이다. 구대문파뿐만 아니라 흑지로 인해 중원 무림이 잃어버린 것들을 다시 찾을 수 있도록 내가 가진 모든 역량을 다할 것이다. 그리해 새로운 질서 위에 보다 많이 상처 입은 자들과 보다 덜 상처 입은 자들이 서로를 원망하지 않게 만들 것이다."

천풍의 말은 담담했다.

하지만 그 말을 듣는 이진하의 눈은 더 커질 수 없을 만큼 커져 갔다. 그건 비단 이진하만이 아니었다.

지금까지 천풍의 옆에 그저 묵묵히 앉아만 있던 추도향의 얼굴에도 놀람과 더불어 어찌할 수 없는 충격이 떠올라 있었다.

"그게…… 무슨 뜻인지는 알고 하시는 말씀이에요?"

이진하의 목소리가 떨려 나왔다.

"구대문파가 옛 영광을 찾을 수 있도록 돕는다는 것이, 새로운 질서 위에 중원 무림이 서로를 원망하지 않게 만든다는 것이 어떤 의미인지 알고나 있는 거예요?"

"물론 알고 있다."

"……."

"천하경영(天下經營)!"

"……!"

설마 하던 그 말이 천풍의 입에서 흘러나왔다.

천풍은 자신이 한 말의 의미를 정확히 알고 있는 것이다.

그랬다.

천풍은 지금 천하를 경영할 뜻을 이진하에게 밝히고 있었다.

"나는 현천문을 천하일패(天下一覇)로 만들 생각이다. 오대세가보다도, 구대문파보다도, 무림사세보다도 더 윗자리에 현천문을 올려놓을 것이다. 그리고 그 지존의 자리에 내가 앉을 것이다. 파천대성의 일언으로는 피로 맺은 정사의 은원을 중재할 수 없겠지만 천하일패의 주인인 지존의 일언이라면 능히 마황성을 지켜 낼 수 있지 않겠느냐?"

이진하를 보는 천풍의 눈빛이 그 어느 때보다도 강렬했다.

그 눈빛을 보고 있자니 가슴이 떨렸다.

어떤 소름이 머리털을 곤두서게 했다.

하지만 그건 공포가 아니었다.

설렘이었고 전율이었다.

이진하는 자신도 모르게 주머니 속에서 만지작거리던 취혼독을 손에서 놓았다. 그리고 한참을 생각했다.

천풍이 과연 그 자신만만함대로 흑지와의 전쟁에서 승리할 수 있을까?

어려울 것이다. 현천문만의 힘으로는.

'하지만 마황성이 돕는다면…….'

확실히 승산이 있다. 다만 문제는 결국 천풍이 도제를 꺾을 수 있느냐다.

소림에서 도제에게 일격을 당해 치명상을 입었다지만, 그것의 진위 여부는 물론이고 그렇게 된 과정이 전혀 알려지질 않았으니 그것만큼은 계산이 안 나온다.

하지만 천풍의 저 자신만만한 태도가 단순한 허세로만은 보이지 않으니, 분명 그만이 알고 있는 승산이 있을 터였다.

만일 천풍의 말대로 중원에서 흑지를 몰아낼 수 있다면, 과연 천풍의 뜻대로 현천문이 천하일패가 되어 천하를 경영할 수 있을까?

가능했다.

지금보다도 더욱더 높아질 천풍의 위명, 더불어서 중원무림의 상징이자 자부심이 될 현천문의 위상, 그리고 여전히 천하 상권의 절반을 넘게 차지하고 있는 막대한 재력, 거기에 마황성마저 힘을 보탠다면 천풍의 뜻이 곧 대의가 되고 명분이 될 것이다.

천풍이 마음만 먹는다면 충분히 가능한 일이다.

천하재패, 무림일통! 그 꿈같은 일이 현실이 될 수 있는 것이다.

물론 마황성도 생존만이 아니라 그 이상의 것을 얻을 수 있을 것이다.

그리해 계산은 마쳤고 결심은 섰다.

이진하가 천풍을 보았다.

"그래서요?"

"……?"

"그래서 제가 뭘 도와드리면 되죠?"

이진하의 영악한 눈동자가 반짝였고 천풍은 웃었다.

*　　*　　*

천풍과 추도향을 태운 마차는 올 때는 느긋한 산천 유람을 했지만 돌아갈 때는 먼지를 일으키며 대도를 가로지르고 있었다.

"아마도 그 녀석, 빠르게 움직일 겁니다. 폭풍처럼 몰아쳐서 파도처럼 쓸어버리려 할 겁니다. 그게 가장 효과적이라는 걸 누구보다도 잘 알 테니까요. 그러니 아쉽지만 추 소저와의 즐거운 나들이는 여기까지입니다. 앞으로 많이 바빠질 겁니다. 아니, 바쁘게 움직여야 합니다. 적어도 새로운 질서가 틀을 잡기 전까지는요."

마황성에 도착하고부터 지금 이 순간까지도 단 한 마디 말도 없이 그저 천풍이 하는 일을 지켜만 보았던 추도향이 그제야 처음으로 입을 열었다.

"천하경영……. 진심이세요?"

천풍이 추도향을 보며 되물었다.

"추 소저께서 보시기엔 어떻습니까? 제가 그만한 그릇이 안 된다 생각하십니까?"

"하잘것없는 제 눈으로 천하를 담을 그릇을 잴 수는 없는 노릇이죠. 하지만 하나는 확신할 수 있어요. 현 무림에 천하를 담을 그릇이 존재한다면, 그 유일한 가능성은 문주님일 거라는 것."

추도향의 말이 칭찬으로 들렸는지 천풍이 얼굴 가득 미소를 머금었다. 그러고는 크게 고개를 끄덕였다.

"예. 진심입니다."

"……."

"현천문의 문주라는 자리는 천하경영이란 말을 농담으로는 뱉을 수 없는 자리이니까요. 마황성주에게 말한 대로 현천문을 천하일패로 만든 뒤, 그리고 그 가장 높은 지존의 자리에 제가 앉아 볼 생각입니다."

서인찬과 함께 소흥으로 향하는 도중에 바뀐 세상을 귀로 듣고 눈으로 보며 하나 깨닫게 된 것이 있었다.

흑지로 인해 너무도 많이 변해 버린 세상에서 흑지가 사라져 버린다면 오히려 흑지의 지배를 받고 있을 때보다도 더 큰 혼란이, 더 큰 분란과 대립이 야기될 거라는 것이다.

그래서 차라리 흑지의 세상인 지금이 오히려 더 평화롭지 않을까 하는 생각도 했다. 자신이, 파천대성이 그냥 이대로 죽은 듯 사라지는 게 세상에는 오히려 득이지 않을까 그런 생각도 해 보았다.

하지만 그가 이대로 사라진다면 무림은 보다 평화로울지도 모르지만 그를 믿고 따랐던 현천문 문도들과 그의 친우들, 그를 의지하는 많은 사람들에겐 지옥이 될 터였다.

그리해 달리 방법을 찾은 것이 바로 천하경영이었다.

"마황성주의 말처럼 피로 맺은 원한을 제삼자가 중재하는 것은 무리입니다. 그것이 굳이 정사 간의 큰 분쟁이 아닌 작은 문파들 간의 사사로운 대립이라 해도 마찬가지일 겁니다. 아무리 생각을 해 봐도 방법은 하나뿐이더군요. 흑지가 떠난 자리에 남겨질 분란과 대립을 막기 위해 필요한 것은 겉치레뿐인 중재가 아니라 실질적인 힘을 바탕으로 한 강압과 강요라고. 절대적이고도 완벽한 통제로 분란을, 대립을, 혼란을 눌러 버리는 것이 가장 효율적인 방법이라 그렇게 결론을 내렸습니다. 그래서 필요한 겁니다. 마황성의 힘이.”

그와 현천문은 사람들의 위에 군림하기 위해 흔들림 없이 굳건하고 티끌 하나 없이 완벽해야 한다. 그러자면 마황성이 천풍의 칼이 되어 궂은일을 해 줘야 하는 것이다.

추도향은 그제야 천풍이 그동안 장강 이남의 흑지 지부를 정리하지 않고 그냥 둔 이유를 알 것 같았다.

현천문의 힘을 아끼고자 함이었다. 현천문이 천하일패로서 무림에 군림하기 위해서는, 그래서 새로운 질서 위에 무림을 경영하기 위해서는 지금보다도 더 큰 힘이 필요했다.

더 큰 명분도 필요했다.

그러자면 현천문이 강해져야 했다. 또한 흑지와의 마지막 일전에서 누구도 부정할 수 없을 만큼 큰 전과를 세워야 했다. 다른 데다 허투루 전력을 낭비할 여유가 없었던 것이다.

‘현천문으로 돌아가 현천문도들을 다시 불러 모으겠다 했을 때, 그때 이미 큰 그림을 그리고 있었던 건가?’

새삼 천풍이란 사내가 다르게 보였다.

크고 높다.

창밖으로 스쳐 지나는 풍경들에 슬쩍 눈길을 던지는 그 얼굴도 왠지 낯설게 느껴졌다.

그때 천풍이 흘리듯 말했다.

"하지만 마황성 하나로는 아직 부족합니다. 마황성은 제게 있어서는 다시없을 명검보도(名劍寶刀)지만 다른 이들에겐 그저 피비린내 나는 마검마도(魔劍魔刀)일 뿐입니다. 공포는 줄 수 있을지언정 마음을 얻을 수는 없는 것이죠. 천하경영에 있어 가장 우선되어야 할 것이 바로 마음을 얻는 것인데 마황성만으로는 그것이 불가능합니다."

천풍의 말대로 마음을 얻지 못한 패자는 그저 사람들에겐 도둑일 뿐이다. 그런 군림이 원활할 리도 없고 오래갈 리도 없다. 그런 면에서 중원 무림을 배신하고 흑지와 손을 잡은 마황성과의 연대는 현천문의 전정(前程)에 끊임없이 잡음을 일으킬 것이다.

"그래서요? 달리 생각해 둔 곳이라도 있나요?"

"예, 검문입니다."

"……."

"무림인들에게 있어 검문은 참 특별한 곳입니다. 가까우면서도 먼 듯하고 굉장히 친숙하면서도 또 어려운…… 그렇지만 또한 어느 누구도 부정하지 못하는 최고의 무력 집단. 검을 든 검수들에겐 더할 수 없는 동경이고 검을 들지 않은 자들에겐 신비지처인 검문이라면, 더구나 검문주가 홀로 소림의 마지막을 지키면서 무림에 새로운 희망으로 떠오른 그곳이라면 능히 마황성과의 균형을 맞출 수 있지 않겠습니까?"

그거야 두말할 필요도 없다.

좌 마황성, 우 검문의 보좌를 받는다면 현천문은 흔들림 없이 확고한, 명실공히 천하일패의 자리에 오를 수 있을 것이다.

"하지만 검문이 과연 도와줄까요?"

검문주 금천우라 하면 그녀의 스승인 도문주 석조명과는 항시 비교되던 사람이었다. 그들이 앉은 자리가 그러했고 그들의 실력도 그러했다.

하지만 그건 어디까지나 세상 사람들의 생각일 뿐이었다.

석조명은 그것이 실로 가당찮다 말했었다.

'당금 검문의 문주는 감히 내가 따를 수 있는 자가 아니다. 도문 하나도 다 짊어지기 벅찬 것이 내 그릇이라면 검문의 문주는 능히 천하를 품을 그릇이다. 단순히 무의 고하만을 놓고 따진다 해도 나는 그의 십초지적조차 되지 못할 것이다.'

석조명은 도문에 대한 자부심이 하늘보다 높고 스스로에 대한 자존심은 그보다 강한 사람이었다. 허투루 남을 낮추지도, 그렇다고 자신을 낮추는 법도 없는 사람이었다. 그런 그가 금천우의 인물됨을 그렇게 보았다면 분명 그러한 것이다.

천하를 품을 그릇인 금천우다.

과연 아들뻘밖에 안 되는 천풍을 위해 그 높은 자존심을 버리고 검문을 현천문의 뒤에 서게 할까?

오히려 현천문을 뒤에 앉히고 천하경영을 논하는 게 금천우라는 사내에게는 더 어울리는 일이었다.

그런데 이어서 나온 천풍의 대답은 실로 어이없는 것이었다.

"그분이라면 분명 도와주실 겁니다. 무엇보다 그분은 저를 무척 좋아하시거든요."

이걸 천진난만하다 해야 할지, 순진하다 해야 할지 모르겠다. 아니, 그냥 살짝 모자란 것이 아닌가, 순간 그런 생각마저 들었다.

그렇게 황당해하는 추도향을 보며 천풍이 이상하다는 듯 고개를 갸웃거렸다.

"어라? 안 믿으시는 겁니까? 정말인데? 저 정말 금문주님이랑 아주 친해요."

순진무구하게 웃어 보이는 천풍을 보고 있자니 '이런 사람이 천하를 경영하면 그 천하는 과연 어떤 모습일까?' 하는 생각에 살짝 머리가 지끈거려 왔다. 하지만 그것과는 별개로 궁금하긴 했다.

천풍과 금천우의 관계가 어떠한지. 정말로 금천우가 스스로 검문을 현천문의 뒤에 둘 만큼 둘 사이가 그토록 각별한지.

"하하하하! 네놈이 정녕 미쳤구나."

금천우가 어처구니없다는 웃음을 터트렸다.

언제나 금천우의 옆을 지키는 백연도, 어떤 일에도 크게 동요하는 걸 본 적이 없는 그마저도 어리둥절해하는 표정이었다.

참으로 공교롭게도 그렇게 추도향과 이야기를 나누면서 현천문으로 돌아와 보니 금천우가 와 있었다. 천풍이 현천문을 다시 열었다는 소식을 듣고 그를 만나러 온 것이라 했다.

아무튼 금천우와 그렇게 재회한 천풍은 추도향에게 말했던 대로 금천우에게 현천문의 뒤에 있어 달라 부탁했다. 그리고 지금 터져 나온 금천우의 어처구니없다는 웃음이 바로 그 대답이었다.

"감히 내게, 이 천하의 금천우에게 네놈의 수발을 들라? 거기다 뭐라? 현천문을 천하일패로 만들어 천하를 경영해 보겠다? 못 본 사이 용의 심장을 삶아 먹기라도 한 거냐?"

그렇게 어이없어하는 금천우를 보며 추도항은 그러면 그렇지 싶었다.

하지만 천풍은 전혀 동요가 없었다.

"어차피 누군가는 해야 할 일이지 않습니까?"

"그게 왜 너란 말이냐?"

"그야 저만이 할 수 있는 일이니까요."

"뭐?"

"현 무림에서 온전히 그 세력을 유지하고 있는 것은 현천문과 검문뿐입니다. 하나 검문은 고작 이천입니다. 이천의 머릿수로 할 수 있는 일이 아니지 않습니까?"

"그래서 네 녀석이 천하를 먹어 보시겠다?"

"게다가 어차피 금 문주님이야 천하경영 따위에는 관심도 없으실 테니까요."

"그걸 네 녀석이 어찌 알아?"

"그동안 제가 보아온 금 문주님은 그랬으니까요. 애초에 그런 것에 관심이 있으셨다면 금 문주님께서 먼저 저와 현천문을 검문의 뒤에 세우려고 하셨을 테구요."

"흥!"

콧방귀는 뀌었지만 부정은 하지 않는다.

천풍의 말대로였다.

애초에 천하니 경영이니 하는 것은 관심 밖이었다.

그의 관심사는 세상에 날 때부터 지금까지 오직 하나였다.

검(劍).

검의 끝, 그리고 그 끝의 끝, 그리고 또한 그 끝의 끝…….

그가 추구하는 것은 무한하고 무한한 검의 극의(極意), 오직 그 하나였다. 그 외의 것은 그저 유희였고 유흥이었을 뿐이다.

"뭐, 좋아. 그렇다고 치자. 네 녀석 말대로 천하경영 따위 관심 밖인 건 사실이니까. 한데 그걸 인정한다 해도 내가 네 뒤치다꺼리를 해야 하는 이유는 설명이 되지 않는데? 흑지를 몰아내는 거야 어차피 뜻이 같으니 힘을 보탤 수는 있다마는, 네 녀석이 천하를 경영하는 게 나한테 뭐 좋은 일이라고 굳이 검문을 네 뒤에 세워 만천하에 내가 네 녀석의 밑이라는 것을, 검문이 현천문의 아래라는 것을 스스로 인정하겠느냐 이 말이다. 설마 네 녀석은 정말로 내가 그런 등신짓을 할 거라고 생각하는 거냐? 대체 내가 왜?"

더구나 흑지가 사라진 후의 혼란이야말로 딱 금천우의 취향이었다. 그런 재밌는 구경거리를 포기하면서까지 등신짓을 할 이유가 없는 것이다.

그런데 이어서 나온 천풍의 대답이 가관이었다.

"금 문주님께서 제 양부가 되시면 되지 않겠습니까?"

"뭐?"

순간 잘못 들은 것이 아닌가 자신의 귀를 의심했다.

양부라니?

"금 문주님과 제가 부자의 연을 맺으면 검문이 현천문을 돕는다고 해도 하등 이상할 것이 없지 않습니까? 또한 검문을 현천문의 아래로 보는 사람도 없을 테구요."

"네 녀석…… 지금 제정신이냐?"

금천우가 백연을 보며 재차 물었다.

"지금 이 녀석, 이거 제정신으로 보여?"

천풍의 제안은 백연에게도 뜬금없고 황당하기는 마찬가지였다.

그렇게 금천우와 백연이 어처구니없어하며 천풍을 보자 천풍은 더 또렷한 목소리로 말했다.

"예. 완벽히 제정신입니다."

"제정신인데도 이런 미친 소리를 하고 있단 말이냐?"

"미친 소리라뇨? 제 딴에는 정말 오래 심사숙고해서 내린 결정인데요?"

사실이었다.

금천우의 말대로 검문에는 현천문의 천하경영을 도울 하등의 이유가 없었다. 금천우가 그에게 보여 준 호의가 아무리 두터워도 검문의 위명에 해가 될 일을 들어 줄 리가 만무했다.

하지만 천하경영을 결심한 순간, 그에게 있어 금천우는, 그리고 검문은 반드시 필요한 존재였다. 어떤 희생을 치르더라도 반드시 금천우의 승낙을 얻어야 했다.

그리해 고심 끝에 생각해 낸 것이 바로 금천우와 부자의 연을 맺는 것이었다.

그 생각을 처음 떠올렸을 때만 해도 천풍 역시 말도 안 되는 일이라 치부했었다. 하지만 달리 생각해 보니 검문을 끌어들일 명분으로 그보다 더 좋은 것이 없었다.

금천우와 부자의 연을 맺게 되면 검문이 현천문을 돕는 데에 따른 모든 걸림돌이 일거에 해결되었다.

금천우는 파천대성의 양부로서 그 위명을 높일 수 있고 그런 만큼 검문 또한 현천문의 일족으로서 그 권위를 지킬 수 있다. 금천우로서도, 또한 검문으로서도 전혀 손해 볼 것이 없는 거래인 것이다.

"하지만 제가 이런 제안을 금문주님께 드리는 것은 무엇보다 금문주님과 부자의 연을 맺는 것이 제겐 흔쾌한 일이기 때문입니다."

낯간지러운 고백이었다.

하지만 그 또한 사실이었다.

금천우는 어린 날 태생적 한계에 부딪혀 절망에 빠져 있던 그를 그 절망 속에서 건져 준 은인이었다. 풍파결도 가르쳐 주었고 악귀가 되어 가던 그에게 큰 깨우침을 주기도 했다. 소림에서는 생명의 빚까지 졌다.

실로 고마운 존재였다.

또한 든든한 존재였다.

마음으로는 이미 스승이나 진배없었다.

그러니 금천우와 사승의 연 대신 부자의 연을 맺는 것이 천풍에겐 그리 황당할 것이 없는 일이었다.

물론 금천우의 입장은 천풍과는 다를 수밖에 없었다.

실리적인 면에서 천풍의 말은 백번 지당한 말이긴 했다.

필요에 따라서 전략적으로 형제의 의나 부자의 연을 맺어 동맹 관계를 단단히 하는 경우야 침략과 전쟁으로 점철된 대륙의 역사에서 그렇게 드문 일도 아니다.

이것이 그저 그런 전략적인 동맹에 지나지 않는다면 그로서도 반대할 이유가 없는 거래였다. 하지만 그와 천풍과의 관계에선 단순히 전략적인 것만이 될 수가 없다.

천풍이 금천우를 스승처럼 여기고 있던 것과 마찬가지로 그에게도 천풍은 제자나 다름없었다.

그랬다. 비록 거절을 당하긴 했지만 황산사에서 천풍에게 스승이 되어 주겠다 말한 그 순간부터, 그리해 풍파결을 가르치며 그의 성장을 기대하며 설레었던 그때부터 금천우에게 있어 천풍은 제자였다.

그러나, 천풍이 사제의 연과 부자의 연을 동일시하는 것과는 달리 금천우에겐 그것이 완전히 다른 느낌으로 다가왔다.

무거웠다.

검문조차도 어깨 위에 두지 않고 자유롭게 살아왔던 그에게 천풍의 제안은 너무도 무겁고 부담스러운 것이었다.

'게다가 다 늙어서 다 큰 아들놈 뒤치다꺼리나 하라고?'

생각만 해도 소름이 끼치다 못해 진저리가 쳐진다.

그러나 자신에겐 그리 많은 선택지가 없었다.

천풍이 이미 천하경영에 뜻을 두었다면 결국 그가 선택할 수 있는 것은 두 가지뿐이었다.

그의 옆에서 그를 돕거나 아니면 그와 적이 되어 천하를 두고 다투거나.

'그 새파랗던 꼬맹이 녀석이 천하를 논할 정도로 컸단 말이지?'

새삼 기억이 새록새록 하다.

천극의 상을 타고난 주제에 무슨 무공이냐며 면박을 주던 그에게 바락바락 악을 써 대며 반박하던 눈물 그렁했던 얼굴이, 도진에게 패한 후 스스로의 한계에 부딪혀 절망하던 그 모습도, 그가 가르쳐 준 풍파결을 마치 어미의 젖줄인 양 부여잡고 낑낑거리던 그 모습까지 어제의 일처럼 생생히 떠올랐다.

그러고 보면 한번 작심을 한 일에는 뒤도 옆도 돌아보지 않는 녀석이었다. 그런 천풍이 천하를 가지려고 마음을 먹은 것이다.

'이 녀석과 한번 천하를 두고 쟁투를 벌여 봐?'

재미는 있을 것 같았다.

꽤나 뜨거워질 수도 있을 것 같았다.

하지만,

'귀찮아서…….'

잠깐의 유흥을 즐기는 대가로 감수해야 할 것이 너무 많다.

애당초 천하경영 따위에는 관심도 없는 그에게 그 많은 것들을 감수할 만한 의지가 있을 리가 없었다. 더구나 혹여 일이 잘되어서 덜컥 천하의 주인이라도 되어 버리면 어쩐단 말인가? 그 무거운 책임을 또 어떻게 감당하라는 말인가?

생각만 해도 골머리가 지끈거려올 지경이다.

"이거 빼도 박도 못하는 거지?"

혹시나 하며 백연에게 조언을 구해본다.

하지만 뭐가 그리 우스운지 대답도 못 한 채 새어 나오는 웃음을 억지로 참아내며 입술을 이죽이는 백연이다. 그것만으로 충분한 대답이 되었다.

'젠장! 이 나이에 팔자에도 없는 자식새끼라니?'

결국엔 체념이다.

이미 그런 금천우의 생각을 알고 있었던 건지 천풍은 시종일관 여유만만이다.

'징그러운 녀석.'

차라리 처음 만났을 때처럼 귀엽기라도 했다면 체념하는 이 순간이 이렇게 기가 차지는 않았을 것이다.

"그래서…… 이 씹어 먹어도 성치 않을 아들놈아. 내가, 이 아비가 뭘 어떻게 해 주길 바라는 거냐?"

금천우의 말에 천풍은 웃었고 추도향은 놀란 얼굴이었으며, 금천우의 그림자 백연은 더 이상 참지 못하고 어깨를 들썩이며 큭큭거렸다.

제8장

천풍, 떨치고 일어서다

흑지 흑혼대 창신조 조장 율목은 절강의 동려(桐廬) 지부를 맡고 있었다. 동려라고 하면 서호의 현천문과는 부양 다음으로 가까운 위치였다. 이는 또한 죽음과 가장 가까이에 있다는 뜻이기도 했다.

현재 동려 지부에는 부양보다도 적은, 창신조 백이십 명이 머물러 있었다. 고작 백이십으로 파천대성을 위시한 현천문을 막을 수 있을 리가 없었다. 그들이 공격해 온다면 그것으로 그의 창신조는 전멸할 것이다.

그런데도 본대에선 철수의 명이 떨어지지 않았다.

현천문의 공격이 있기 전까진 어떠한 행동도 하지 말고

지켜만 보라고 한다.

그로써 창신조가 해야 할 일은 정해졌다.

흑지의 이름에 누가 되지 않게 죽는 것.

그리고 다른 지부에 현천문의 공격을 알려 피해를 최소화하는 것.

현천문 가장 가까이에서 화살받이가 되는 것이 창신조에게 주어진 일이었다.

원망은 하지 않는다.

서운해하지도, 억울해하지도 않는다.

'그것이 주군의 뜻이라면…….'

그것이면 충분했다.

백이십 창신조 조원들은 흑지 비사천문을 위해, 그 형제들을 위해 언제든 죽을 준비가 되어 있다.

그리고 그날 밤, 마침내 죽음의 그림자가 동려 지부를 덮쳤다.

*　　*　　*

"컥!"

시작은 짧은 단말마였다.

그리고 이어진 것은 소란이다.

"적이다!"

"적의 급습이다!"

어둠을 틈타 은밀했고, 그래서 갑작스러운 공격이었다.

급히 상황을 파악해 보려 했지만 당장은 적의 숫자가 몇인지, 누구인지조차 가늠할 수가 없었다.

단 하나 알 수 있는 것은 기습한 적이 실로 강하다는 것이다.

지금껏 경험한 적이 없는 자들이다. 심지어 그들 중 일부는 자신의 수하들과 능히 맞상대를 하고 있기까지 했다.

구대문파조차 이처럼 개개인의 실력이 뛰어나진 않았었다.

그의 기억에서 이만한 실력을 갖춘 중원의 문파라고 하면 용궐에서 일전을 겨뤄 봤던 현천문뿐이다. 하지만 현천문은 아니다.

현천문은 병장기부터 다들 제각각이었었다. 또한 그들의 무공은 상대하기 까다롭긴 했지만 그것은 어디까지나 초식의 유용함 때문이었지 그들의 움직임 자체는 삼류의 그것처럼 허술하고 둔탁했었다.

그런데 지금 동려 지부를 급습해 자신의 수하들을 몰

아치고 있는 자들은 전부 다 검을 들고 있었고, 뿜어내는 기도나 군더더기 하나 찾을 수 없는 움직임은 그야말로 기초부터 치열하게 다져 온 명문가의 그것이었다.

'설마…… 검문?'

순간적으로 떠오른 생각은 이내 확신이 된다.

검문밖에 없다.

그렇게 확신을 하면서도 지금 눈앞에서 벌어지고 있는 현실이 좀처럼 받아들여지지가 않는다. 그도 그럴 것이 지금껏 중원의 문파들을 상대해 오며 깃든 무시와 자만이 한순간에 다 날아가 버렸다.

'이게 검문이라고?'

중원 무림의 상징과도 같은 구대문파를 상대하면서도 한 번도 경험해 보지 못한 강함이었다.

이 눈앞의 현실이 믿기지 않는 중에도 그제야 왜 검문이 무림사세의 한 자리를 차지하고 있는지 알 수 있었다.

모두 합하면 그 수가 이만에 이르는 구대문파나 일만 마도인이 집결된 마황성, 각지에 지부를 설치해 그 세를 키웠던 도문과는 달리 오직 검문이라는 울타리 안에서 고작 이천의 제자들로 검문이 무림사세의 한 자리를 당당히 차지할 수 있었던 이유.

강한 것이다.

개개인이 그만큼 강한 것이다.

'강할 수밖에 없겠지.'

오직 검만을 추구해 온 무력 집단이 아닌가?

도제가 던져 버리고 간 율법으로 인해 오직 무(武)에만 매달려 백 년, 그 인고의 시간을 버텨 냈던 흑지와 검문은 어찌 보면 꽤나 닮았는지도 모른다.

어쨌거나 상황 파악은 마쳤다.

이 순간 왜 현천문이 아니라 검문이 동려를 공격했는지는 모르겠지만 지금은 그런 것을 생각할 때가 아니었다.

검문의 수가 적지 않았다. 일방적으로 몰리는 형국이었다. 그렇다면 지금 율목이 해야 할 일은 하나였다.

율목은 그 즉시 내원으로 달려갔다.

그리해 당도한 곳은 수십 마리의 전서구가 비치된 방이었다.

새장을 떠난 새는 장강 이남 각지의 지부로 날아가 이곳의 소식을 전할 것이다. 그것이 그가 창신조 조장으로, 이곳 동려 지부의 지부장으로서 해야 하는 마지막 소임이었다. 그런데 그가 막 전서구를 띄우려던 참이었다.

"소용없는 짓이야."

뒤에서 들려온 목소리에 급히 뒤를 돌아보니 사내 하나가 비스듬히 문에 기대어 씨익 웃어 보인다.

"……."

순간 율목의 눈에 놀람과 더불어 암담한 절망이 스쳤다.

알고 있는 얼굴이었다.

어찌 모를까?

소림에서 아극소를 상대로 힘의 우위를 보이던 자였다.

마치 조자룡이 백만 대군 속을 헤치듯 흑지 본대를 압도적인 무위로 휘저어 대며 소림을 위해 길을 열던 자였다.

검문주 금천우.

바로 그였다.

더욱 절망적인 것은 이어져 나온 금천우의 말이었다.

"다른 지부로 전서구라도 보내려던 모양이로군. 그래 봤자 소용없는 일이야. 오늘 밤 움직인 것은 나만이 아니거든. 장강 이남 스물네 곳의 흑지 지부 모두에서 지금 여기와 크게 다르지 않은 상황이 벌어지고 있을 거라는 말이야."

그로써 창신조가, 조장 율목이 할 수 있는 것은 아무것도 없게 되었다.

아니, 딱 하나가 남아 있었다.

흑지 비사천문의 이름에 누가 되지 않도록 물러섬 없이

싸우다 당당히 죽는 것.

그리해 잠시의 주저함도 없이,

"하앗!"

금천우를 향해 칼을 날렸다.

하지만, 물러섬은 없었지만 안타깝게도 그의 칼은 금천우를 단 한 걸음도 물러서게 하지는 못했다.

"기세는 좋다만……."

서걱—

목이 베였다.

"약해."

차가우면서도 어딘지 시큰둥한 한 마디가 율목이 들은 마지막 말이었다.

율목의 죽음은 그의 바람과는 달리 금천우의 앞에서는 당당함이 아니라 그저 무기력함일 뿐이었다.

같은 시각, 동려 지부와는 반대로 현천문에서 가장 멀리 떨어진 운남의 곤명 지부였다.

"이거이거, 진짜 간단치가 않네."

쓰러진 사내의 가슴에서 단도를 뽑아 들며 눈살을 찌푸리는 것은 이진하였다.

대강 단도에 묻은 피를 닦아 품속에 갈무리하고는 쓰읍

주위를 둘러보았다. 상대는 고작 육십 명 정도였다. 그런데 주위에 널브러진 시체의 수는 삼백 구가 넘었다. 육십 구를 제외한 나머지는 모두 마황성도의 것이었다.

"일천을 데려왔는데도 이 모양이라니……."

절로 고개가 흔들어진다.

흑지의 강함에 진저리가 처진다.

비단 여기뿐만이 아니었다.

마황성이 맡은 귀주, 광서, 호남 등지까지 지부 열한 곳의 상황도 마찬가지일 것이다. 아니, 그가 직접 행차한 이곳 곤명과는 달리 다른 곳은 상대적으로 토벌대의 힘이 적게 분배됐다. 어쩌면 오늘 하루 만에 입은 피해가 전체 마황성 전력의 사 할이 넘을지도 몰랐다.

생각보다도 훨씬 더 큰 피해였다.

그만큼 흑지는 강했다.

고작 지부 몇 곳을 정리하는데 마황성의 전력을 이만큼이나 소진했으니 그 본대는 오죽하겠는가.

새삼 천풍과 손을 잡은 것이 잘한 일인지 의구심이 든다.

하지만 그 의구심은 이내 사라졌다.

마황성뿐이라면 그것이 때늦은 후회가 됐을지도 모르지만 지금은 마황성만이 아니었다. 검문이 함께하고 있었다.

현천문과 마황성, 그리고 검문이라면 아무리 흑지가 강해도 충분히 승산이 있었다. 그러니 지금은 후회나 하고 있을 때가 아니었다.

잃은 것을 아까워할 때도 아니었다.

"잃은 만큼 돌려받으면 되니까."

천풍이 그 손에 천하를 쥐게 된다면 마황성은 지금 잃은 것 이상을 얻을 수 있을 것이다.

그것이 그가 천풍을 택하고 이렇듯 마황성의 피를 아낌없이 흘리는 이유였다.

"그나저나 냄새가 지독하군."

진득한 혈향이 뒤늦게 코끝을 찔러왔다.

그러고 보면 피를 너무 많이 묻혔다.

그냥 끝까지 뒤에서 지켜만 볼 걸 그랬다.

아직 명줄이 붙어 있는 자들이 더러 눈에 띄는 바람에 그것을 마무리하다 보니 생각지 않게 꽤나 많은 피를 묻혔다.

"옷이야 버리면 되지만 몸에 밴 피 냄새는 잘 안 가시는데……."

이 살풍경 속에서 참으로 한가로운 투정.

하지만 그것도 잠깐, 다시 한 번 피와 죽음만이 가득한 주변을 쓰윽 둘러보며 입가에 만족스러운 미소를 머금는다.

"내일이면 세상이 아주 난리 통이 되겠지?"

내일이 아니다.

이미 자정이 넘었으니 '날이 밝으면' 이다.

세상이 바뀔 것이다.

지금 눈앞에 펼쳐진 살풍경이 바로 그 시작이 될 것이다.

맡은 바 소임은 다했다.

더 지체할 이유가 없다.

그 살풍경 속으로 얼마간 더 흡족한 눈길을 던지던 이진하가 이내 미련 없이 발길을 돌렸다.

그리해 날이 밝고, 이진하의 말대로 세상이 발칵 뒤집어졌다.

'장강 이남의 흑지 지부가 지난밤 사이 모조리 괴멸당했다!'

무려 스물네 곳, 삼천에 이르는 흑지의 고수들이 단 한 명의 생존자도 없이 모조리 몰살을 당했다는 소식이 무림에 전해졌다.

더 놀라운 것은 그런 엄청난 일을 벌인 것이 바로 마황성과 검문이라는 것이다.

처음에는 아무도 믿지 않았다.

무신 같고 천신 같던 흑지의 고수 삼천이, 그것도 장강 이남 각 요지에 퍼져 있던 그들이 하룻밤 사이에 괴멸을 당했다는 것부터가 믿을 수 없는 일일뿐더러, 마황성이라니?

이미 흑지에 붙어 무당파를 무참히 도륙하기까지 했던 마황성이 대체 왜 흑지를 친단 말인가? 하물며 검문과의 연합 토벌이라니?

그 모든 것들이 도무지 상식적이지가 않았던 것이다.

하지만 이튿날, 현천문 앞에 새로이 걸린 포고문이 사람들의 그 같은 불신을 단박에 날려 버렸다.

다시 한 번 중원 무림에 고한다.
지금까지의 죄는 묻지 않을 것이다.
그러니 지금이라도 흑지와 잡은 손을 놓고 현천문으로 오라.
그리하면 살 것이로되 그리하지 않으면,
중원에서 태어나 중원에서 자랐음에도 그 은혜를 저버린 배은!
외세에 굴복해 동지의 죽음으로부터 눈을 돌린 배

신!
목숨을 연명하고자 자신의 뿌리를 잊고 사문마저 외면한 배덕!
그 모든 죄를 철저하게 물어 죽어 간 의기 있는 자들의 묘비에 피로써 용서를 구할 것이다!

지난번에 붙었던 포고문과 토씨 하나 다르지 않은 포고문이었다.

하지만 그 밑에 새겨진 이름은 파천대성 하나가 아니었다.

파천대성의 이름과 더불어 검문주 금천우, 마황성주 이진하의 이름이 공동으로 기명되어 있었던 것이다.

그제야 불신이 현실이 되었다.

그제야 지난밤에 일어난 믿기 힘든 모든 일들이 설명되었다.

'이 모든 일의 배후에 현천문이, 파천대성이 있었다!'

'마황성과 검문이 현천문과 손을 잡았다!'

그처럼 충격적이고도 반가운 소식은 삽시간에 전 대륙으로 퍼져나갔다.

현천문과 검문, 그리고 마황성.

이름만으로도 가슴 떨리게 하는 그 세 곳이, 전혀 어울릴 것 같지 않은 그 세 곳이 하나로 뭉쳤다.

당연하게도 파급효과는 실로 엄청났다.

파천대성이 직접 현천문을 이끌고 흑지를 쳤다 해도 이보다 더 무림을 격동시키지는 못했을 것이다.

이처럼 흥분시키지도, 이처럼 환희로 들뜨게 하지도 못했을 것이다.

첫 번째 포고문에는 그저 불신하고 망설이기만 하던 무림인들이 누가 먼저랄 것도 없이 현천문으로 달려오기 시작했다.

장강 이남은 말할 것도 없고 심지어 흑지의 본대가 있는 호북성에서마저 강을 건너 달려오는 자가 있을 정도였다.

끝까지 중원 무림의 의기를 잊지 않고 흑지에 맞섰던 자들, 끝내 흑지의 힘에 굴복해 무림을 등진 자들, 그 분위기에 휩쓸려 흑지의 힘에 편승해 기득권을 쥐려 했던 자들까지도 현천문의 문을 두드렸다.

중원 무림은 현천문을 중심으로 그렇게 다시 결집되고 있었다.

* * *

관여락이 방금 전 수하가 가져온 두꺼운 방명록을 펼쳤다.

어림잡아도 그 수가 백은 넘어 보였다.

모두 장강 이남 각지의 문파에서 몰려온 자들의 것이었다. 그리고 그들은 지금 현천문의 정문 앞에서 천풍의 부름이 있기만을 손꼽아 기다리고 있었다.

"일이 이렇게까지 급진전될 줄은 정말이지 상상도 하지 못했습니다."

관여락이 새삼스럽다는 듯 그렇게 푸념 섞인 감회를 털어놓았다. 흘깃 천풍을 보는 눈길에는 어떤 원망도 깃들어 있었다.

그도 그럴 것이 천풍이 그렇게 엄청난 일을 꾸미는 동안 그는 아무것도 몰랐다. 심지어 스물네 곳 흑지의 지부를 토벌한 것이 마황성과 검문이었다는 것조차 소문으로 듣고서야 알았다. 그때까지도 천풍이 철저히 함구하고 있었던 것이다.

'제가 말했잖습니까? 그 가벼운 입에 대한 벌이라고.'

황당해하며 원망을 털어놓는 그에게 천풍이 짓궂은 미소를 보이며 한 말이었다.

그 미소가 참으로 얄미웠다.

자신의 주군이 이토록 뒤끝 작렬하는 인간인 줄 그때서

야 처음으로 알았다.

'아무리 그래도 그렇지, 어떻게 그런 엄청난 일마저 내게 숨기고 있을 수 있냐는 말이지.'

다시 생각해도 그저 기가 찰 노릇이었다.

그래도 그제야 천풍이 왜 장강 이남을 정리하지 않고 그대로 두었는지 알게 되어 앓던 이가 빠진 것처럼 속은 시원했다. 그런 한편으로 보기에는 순둥이처럼 생긴 양반이 그처럼 과감한 행보를 보였다는 것에 적잖이 놀랐다. 그리고 천풍이 천하를 품었다는 사실이 정말이지 소름 끼치도록 짜릿했다.

그리해 마치 천풍이 용궐에서 금의환향했을 때처럼, 아니, 그때보다도 훨씬 더 많은 인파가 몰려들어 현천문 앞에 문전성시를 이루었을 때는 자신이 천하를 거머쥔 것처럼 뿌듯했다.

그렇게 아직도 흥분이 가시지 않는 눈으로 한 장, 한 장 방명록에 적힌 인물들을 살피던 그가 돌연 눈살을 찌푸렸다.

"이자들도 와 있었군요."

관여락의 그 같은 반응에 천풍이 의아히 물었다.

"누군데 그러십니까?"

"진가장주 진가오와 그 아들 진천일입니다."

"……."

순간 천풍의 미간에 절로 내 천 자가 그려졌다.

그런 천풍을 보는 관여락도 그저 어이가 없을 뿐이다.

부양 지부에서 언제 도주했는지도 모르게 도망갔던 진천일도 진천일이지만, 흑지의 충견이 되어 현천문 문도들을 상대로 온갖 패악을 다 부렸던 진가장이었다. 아무리 포고문에 지난 일에 대해서는 죄를 묻지 않겠다 적혀 있다지만 이렇게나 빨리 이곳에 얼굴을 들이밀 줄은 전혀 생각지도 못했다.

'이걸 처세술이 좋다 해야 하나…….'

아니, 까놓고 말해 참으로 뻔뻔하고 간사스럽다.

하지만 차마 그러한 생각을 입 밖에 내지는 못했다.

아무리 천풍이 그들과는 관계가 없다 단호히 선을 그었다지만 관여락의 입장에서는 신경이 쓰일 수밖에 없었다.

"어찌하시겠습니까?"

관여락의 조심스러운 물음에 잠시 생각에 잠기는 듯하던 천풍이 뭔가 결심이 선 표정으로 명했다.

"먼저 이자들부터 만나보도록 하겠습니다. 불러 주십시오. 그리고……."

"……?"

"항아도 같이 데려와 주십시오."

"진 소저를 말입니까?"

관여락이 의아히 되물었다.

워낙에 특별한 관계들이다.

애증이 얽히고설킨 관계들 속에서 천풍이 그들을 한자리에 불러 무얼 하려는지 도무지 짐작이 되지 않았다.

하지만 천풍은 이번에도 속 시원히 대답해 주지 않았다.

"예. 그렇잖아도 진가장에 대해선 따로 정리를 할 생각이었습니다."

그것이 천풍이 관여락에게 말해 준 전부였다.

결국 또 궁금증만 잔뜩 안은 채로 관여락이 집무실을 나섰다. 그래도 그전보다는 나은 것이 적어도 이번 궁금증은 오늘 안에 해소가 된다는 것이다.

천풍의 집무실에는 그렇게 진가장의 부자와 항아, 그리고 관여락이 동석했다.

진가장의 부자는 관여락을 따라 집무실로 들어오다 먼저 와 있는 항아를 보고는 적잖이 안도했다.

사실 그들이 아무리 뻔뻔하고 처세에 능하다지만 현천문의 제자들에게 그간 한 일도 있거니와, 진천일은 바로 얼마 전에 위서량을 도와 청무도장에 그런 패악까지 부렸으니 지금 이 자리가 겁이 나고 불편할 수밖에 없었다. 그들 딴에는 여기까지 달려온 것만으로도 상당히 용기를 낸 것이었다.

그렇잖아도 순번으로는 한참이나 뒤인데도 가장 먼저 자신들을 부르기에 혹시 어떤 불호령이라도 떨어지지 않을까 내심 조마조마했던 참인데, 천풍이 이렇듯 아직도 항아를 곁에 두고 있는 것을 보니 마음이 놓일 수밖에 없었다.

그들은 아직도 천풍이 항아에게 마음이 있다 생각한 것이다.

아니, 어쩌면 항아가 이미 천풍의 여인이 되었을는지도 모른다. 그럼 자신들은 천풍에게는 장인이 되고 처남이 되는 것이니 화를 당하기는커녕 생각지도 못한 떡고물이 떨어질 수도 있었다.

조마조마하며 졸였던 마음은 어느새 기대로 바뀌었다.

어느새 잔뜩 굳어 있던 얼굴에도 여유가 생기고 간사한 미소가 입꼬리에 걸렸다.

하지만 이어서 나온 천풍의 한 마디에 그런 여유는 오간 데 없이 사라지고 말았다.

"제가 떠나 있는 동안 진가장에선 참으로 많을 일들을 하셨더군요. 부문주님, 진가장에서 흑지에 밀고한 저희 현천문의 제자가 몇이라 했습니까?"

"예순둘입니다."

"그러니까 제겐 목숨과도 같은 형제들 예순두 명이 여기 진가장 때문에 모진 고초를 당하다 비명에 가셨다는 거로군요."

"어디 그들뿐이겠습니까? 흑지에 붙은 걸로도 모자라 공을 세우는 데 급급해서 현천문과는 아무런 관련이 없는 무고한 자들조차 무수히 억울하게 옥고를 치렀습니다."

천풍과 관여락이 주고받는 대화를 듣고서야 뭔가 잘못돼도 한참이나 잘못됐다는 것을 깨닫는 진가오와 진천일이다.

그런 그들을 보며 천풍이 차가운 말투로 물었다.

"달리 하실 말씀들이 있으십니까?"

서슬 퍼런 추궁이다.

심히 당혹스러운지 진가오의 이마에서는 보기 안쓰러울 정도로 식은땀이 흘러내리고 있었다.

진가오가 차마 떨어지지 않는 입을 억지로 떼어내며 떠듬떠듬 말했다.

"그, 그게…… 저희 진가장은 어디까지나 그저 흑지에서 시켜서……."

"만천하가 다 아는 일인데 몇 마디 말로 그것이 감추어

지리라 보십니까?"

"하지만…… 분명 지난 일은 묻지 않겠다고 하시지 않았습니까?"

"어디든 예외는 있기 마련입니다. 하물며 그것이 진가장이라면 장강 이남의 무림인들은 모두가 수긍할 것이라 내 장담합니다."

천풍의 물러섬 없는 태도에 그야말로 울상이 되는 진가오, 진천일 부자다. 궁지에 몰린 끝에 항아에게마저 도움을 구하는 눈길을 던져 댄다.

그래도 혈육이라고 차마 매몰차게 외면은 못 하고 어찌할 바를 몰라 곤혹스러워하는 항아다. 하지만 그녀조차도 지금 천풍이 보이고 있는 얼음장 같은 표정 앞에서는 어떤 말도 입 밖에 내지 못했다.

그렇게 싸늘한 분위기 속에서 천풍이 보다 더 단호하고 보다 더 차가운 목소리로 말했다.

"저는 진가장을 단지 예외로만 두지는 않을 생각입니다. 본보기로 삼을 것입니다. 다시는 진가장 같은 간교한 문파가 생기지 않도록, 그리해 다시는 억울한 희생자가 발생하지 않도록 일벌백계로 그 죄를 물을 생각입니다!"

천풍의 그 말은 말 그대로 사형선고였다.

그제야 완전히 사태의 심각성을 깨달은 진가오 부자가

그 즉시 천풍의 발아래 머리를 박으며 빌었다.

"아이고, 문주님! 용서해 주십시오! 이 늙은이가 그저 목숨이 아까워, 아니, 그만 욕심에 눈이 멀어 한순간 잘못된 길을 걸었지만 두 번 다시는, 맹세코 현천문을 배신하는 일은 없을 것입니다! 평생토록, 아니, 만 대에 이르도록 저희 진가장은 현천문에 충성할 것입니다. 혈서를 쓰라시면 혈서를 쓸 것이고 손가락을 자르라시면 그렇게 하겠습니다! 제발 한 번만 더 저희를 믿어 주십시오!"

"그렇습니다! 허락만 하신다면 흑지와의 전쟁에 선봉장을 맡아서라도 충성을 보이겠습니다! 그러니 이번 한 번만, 제발 이번 한 번만 용서해 주십시오!"

엎드려 빌다 못해 이젠 천풍의 가랑이까지 잡고 늘어진다. 그럼에도 천풍이 아무 말 않고 그저 차가운 눈빛만 보내고 있자 급기야는 눈물범벅이 되어서는 매달린다. 그러한 모습을 차마 볼 수가 없었는지 항아가 눈물 그렁한 눈으로 천풍을 본다.

하지만 천풍은 그러고도 한참을 더 그들이 하는 양을 지켜보았다.

그들은 항아에게만 혈육이 아니다. 천풍에게도 그들은 혈육이었다. 비록 연을 끊었다고 해도 그런 참담한 몰골들이 보기 좋은 것은 아니었다. 그러나 마음에 이미 정한 바가 있었다. 그 정한 바를 이끌어 내기 위해서는 그들을 좀 더 구석으로 몰아갈 필요가 있었다. 그리해 때가 되었다 싶은 순간, 천풍이 마지못한 듯 말했다.

"좋습니다. 진가장의 그간의 죄는 묻지 않도록 하겠습니다."

"저, 정말이십니까?"

"예. 하지만 대신 조건이 있습니다."

"조, 조건이라 하오시면……?"

"두 분은 앞으로 진가장의 모든 대소사에서 손을 떼십시오."

"그게 무슨 말씀이신지……?"

"그러니까 제 말은, 지금 두 분이 앉아 계신 자리에서 그만 내려오시라는 말씀입니다."

지금 앉은 자리에서 내려와라.

이는 곧 진가장의 장주와 소장주 직위를 포기하라는 뜻이었다.

"그게 무슨…… 저희가 자리를 내놓으면 대체 누가 진가장을 이끈단 말입니까?"

진가오의 말에 천풍이 옆의 항아를 손으로 가리켰다.

"이 아이입니다."

"예?"

"앞으로 이 아이가 진가장의 장주가 되어 진가장을 이끌 것입니다."

순간 진가오 부자는 물론이고 항아, 심지어 관여락까지 황당하다는 표정을 지었다.

"그, 그게 무슨 말씀입니까? 저 아이가 진가장의 장주가 된다니요? 저 아이는 제 딸자식입니다. 여자가 어찌 진가장의 장주가 될 수 있단 말입니까? 더구나 출신도 미천하기 짝이 없는 종년의……."

터무니없다는 듯 나불거리던 진가오가 순간 입을 닫았다. 종년이라는 말을 하는 순간 천풍의 표정이 그 어느 때보다도 딱딱하게 굳어지는 것을 보았기 때문이었다.

천풍이 그런 진가오를 보며 씹어뱉듯 한 자 한 자 또박또박 말했다.

"제가 타협이 가능하다 했던가요?"

"……."

"지금 저는 두 분의 의견을 구하고 있는 것이 아닙니다. 이 아이가 아직 일가를 이끌기에 부족하다는 것은 저도 잘 압니다. 하지만 그 부족한 부분은 제가 도와서 채울 것입니다. 그러니 두 분은 향후 진가장의 일에는 일절 관여치 마셔야 할 것입니다. 그리하면 진가장의 명맥은 이어질 것입니다. 두 분의 안전도 보장될 것입니다. 그러나 만일 제 결정이 두 분의 마음에 들지 않으신다면, 그래서 제 뜻에 따르지 않겠다고 하신다면 그리하십시오. 하나, 내일부터 진가장의 이름은 더 이상 이 땅 위에 존재하지 않게 될 것입니다. 또한 두 분은 이미 말씀드린 대로 일벌백계의 형벌로 다스려져 그 목이 저잣거리에 내걸리게 될 것입니다!"

그것으로 끝이었다.

애초부터 그들에게 선택권 따위는 없었다.

죽고 싶지 않으면 진가장을 손에서 놓아야 했다.

그리고 그들 부자는 천풍을 상대로 목숨을 걸고 진가장을 지킬 용기 따위는 애당초 가지고 있지 않았다.

"제가 장주라뇨? 말도 안 돼요. 그건…… 있을 수 없는 일이에요."

진가오 부자가 돌아가고 관여락도 새롭게 추가된 방문자들의 명단을 확인하러 나갔다. 그리해 집무실 안에는 천풍과 항아만이 남았다.

항아는 지금의 이 갑작스러운 상황이 무섭기까지 한 모양인지 연신 말도 안 된다는 말만을 반복하고 있었다.

그런 항아를 천풍이 달랬다.

"미리부터 그렇게 겁내실 필요는 없습니다. 아까도 말

씀드렸지만 저와 현천문이 소저를 도울 것입니다."

"그치만 저는 아직 어리고…… 가전의 무공도 배우지 못했는데 어떻게……."

항아의 말에 천풍이 품속에서 책자 하나를 꺼내어 항아 앞으로 내밀었다.

진가십팔격(眞家十八擊).

진가장의 독문무공이었다.

사실 말이 독문무공이지 한때 섬서에서 제법 그 세를 떨치다 지금은 멸문하고 없는 뇌정문의 뇌정십팔격(雷精十八擊)을 이름만 바꾼 것에 지나지 않았다.

그렇게 별것도 아닌 무공인데 그저 종년의 자식이라는 이유만으로 가문의 무공을 배우지 못한 항아였다.

지난번 가전무공을 배우지 못했다 했던 항아의 말이 생각나서 언제고 그녀에게 주려고 구해 놓았던 물건이다. 물론 천풍의 손을 거쳤으니 본래의 진가십팔격과는 근본적으로 다른 무공이었다.

항아는 스스로 어리고 부족하다 했지만 무에 관한 재능만큼은 꽤 뛰어났다. 진가십팔격이 적어도 이류는 되는 무공이라 조금은 어려울 수도 있겠지만 항아의 재능이라면 충분히 익힐 수 있는 수준의 것이었다.

"장담하건대 소저께서 이것만 완벽히 익힌다면 분명

진가장은 지금보다도 높은 이름을 얻게 될 것입니다."

천풍이 내민 진가십팔격을 보는 항아의 눈빛이 급격히 흔들렸다. 책자로 가져가는 그 손도 사시나무 떨리듯 떨렸다.

종년의 자식으로 태어났다는 이유로 소외당하고 핍박받던 지난 세월의 상징과도 같은 무공이었다. 그러니 그녀에게 있어 진가십팔격은 남다른 의미일 수밖에 없었다.

진가십팔격을 손에 쥔 항아는 당장 눈물이라도 떨어뜨릴 듯한 표정이었다. 하지만 입술을 잘근 깨물어 울음을 참고는 뭔가 결심이 선 눈빛으로 천풍을 보았다.

"제게 정말 진가장의 주인이 될 자격이 있나요?"

"물론입니다. 이미 진가장주가 소저께 장주직을 넘기겠다 약조를 하지 않았습니까? 물론 쉽지는 않을 것입니다. 여자의 몸으로 진가장 식솔들의 마음을 얻는 것은 꽤나 고단한 일일 수도 있을 테죠. 하지만 소저라면 분명 잘 헤쳐 나갈 수 있을 것입니다. 게다가 당분간은 현천문의 제자들 중에서도 재지와 무공이 뛰어난 자들을 선별해서 소저를 보필토록 할 것이니 소저께선 너무 심려치 마십시오. 모든 일이 다 잘 될 겁니다."

천풍이 그렇게 두 번 세 번 안심을 시키자, 그제야 항아가 천풍의 뜻을 받아들이겠다는 듯 입술을 앙다물고는 용기를 내어 고개를 끄덕였다.

그런 항아를 보며 천풍은 흐뭇하게 웃었고 그런 천풍을 보는 항아의 얼굴에는 고마움과 더불어 그것과는 조금 다른, 어떤 미묘한 감정이 떠올라 있었다.

그러다 조심스럽게 천풍에게 말을 건넨다.

"저기…… 문주님께 하나만 부탁드려도 될까요?"

"물론입니다. 소저의 부탁이라면 얼마든지요."

"일전에 제가 제게 친오라버니가 한 분 계시다 말씀드렸던 거 혹시 기억하시나요?"

항아의 입에서 자신에 대한 말이 나올 줄은 생각지 못했던 천풍이 순간 흠칫 놀라는 기색을 보였다.

하지만 이내 마음을 가다듬고 물었다.

"예. 기억합니다. 소저께서 태어나기도 전에 어느 스님 분께 맡겨졌다 하셨지요. 한데 그건 왜……?"

"외람되지만 문주님께서 한번 찾아봐 주실 수는 없으신가요?"

"……."

이 또한 전혀 생각지 못한 부탁이었다.

그리고 잘 이해가 되지 않는 부탁이기도 했다.

그래도 명색이 강서팔문의 하나인 진가장이었다.

비록 세상이 다시 바뀌며 이렇듯 그 주인 또한 바뀌게

되었지만 어쨌든 진가오의 간교한 처세술로 인해 진가장의 세는 훨씬 더 커졌다. 게다가 현천문이 뒤를 봐주기까지 하니 날개를 달고 비상하는 일만 남았다.

아무리 아직 어리다지만 무가의 자식이었다. 진가장의 위치가 어떠한지, 그 세가 어떠한지 모르지 않을 터였다.

그런 진가장의 힘을 이용한다면 이별한 오라비 정도는 충분히 찾을 수 있을 터였다. 물론 굴곡 많았던 지난날을 돌이켜 보면 과연 지금의 자신에게까지 다다를 수 있을지 장담할 수는 없지만, 그래도 그러한 시도 한 번 해 보지 않고 자신에게 이런 부탁을 한다는 것이 이상했다.

무시 받고 천대받으며 살아온 그녀는 아주 사소한 것조차 쉽게 도움을 청하지 못하는 소심하고 소극적인 성격이었다. 더구나 흑지와의 전쟁을 코앞에 둔 상황이었다. 이런 상황에서 민폐가 될 수도 있는 이런 부탁을 할 수 있는 성격이 아닌 것이다.

'혹시…….'

천풍은 뭔가 짐작 가는 것이 있어 항아를 살폈다.

항아가 그런 천풍의 눈을 피하지 않고, 어딘지 간절하고 또 어딘지 아련한 눈빛으로 그를 마주해 온다.

'알고…… 있었던 건가?'

그랬다.

알고 있는 것이 틀림없다.

천풍이 얼굴조차 모르는 자신의 친오라버니인 것을.

언제부터 알았던 걸까?

관여락이 말한 걸까?

그럴 리가 없다.

입이 가볍다 혼을 내긴 했지만 그렇게까지 분별력이 없는 위인이 아니었다.

'하긴, 놀랄 일도 아닌가?'

그녀를 현천문으로 데리고 온 것부터 그간 그녀에게 보여 준 자신의 태도, 그녀의 오라비를 찾던 현천의 말을 천풍이 데리고 있는 것, 심지어 그녀를 진가장의 새 주인으로까지 만들려고 하고 있다. 더구나 천풍의 얼굴은 그의 모친과 꽤나 많이 닮아 있기까지 했으니, 천풍이 자신의 오라비일지도 모른다는 생각을 한 번쯤 안 해 봤다면 그게 오히려 더 이상한 일일 것이다.

"찾아봐 주실 수 있으세요?"

항아가 재차 물었다.

그 눈빛이 이젠 애처롭기까지 하다.

마음속에 궁금한 것이 수없이 많을 것이다.

그런데도 그저 혈육을 찾아달라는 말로 그 많은 의문들을 속으로 삼킨다.

그 배려에, 그 조심스러운 마음에 공명하여 울컥 뜨거운 것이 치밀어 올랐다.

당장이라도 자신이 그녀의 오라비임을 밝히고 싶었다.

그리해 동생을 품에 안고 아팠을 지난 세월을 보듬어주고 싶었다.

하지만 지금은 아니었다.

흑지와의 전쟁에서 자신은 죽을 수도 있었다.

그리되면 그녀는 패장의 혈육이라는 짐을 짊어져야 한다.

그것을 감당하기에 그녀는 너무 어리고 여렸다.

설혹 흑지와의 전쟁에서 살아남는다고 해도 마찬가지다.

천하를 갖기로 마음먹었다.

그를 시기하고 반발하는 적들이 사방에서 승냥이처럼 그의 빈틈을 노릴 것이다. 그 적들의 시선이 그가 가장 아끼는 혈육에게로 집중될 것은 불을 보듯 뻔한 일이었다.

그러하기에 지금은 안 된다. 어쩌면 꽤 오랜 시간이 필요할지도 모른다. 하지만,

"언젠가 반드시……."

비록 지금은 아닐지라도.

언젠가는 반드시 그녀의 앞에 오라비로서 당당히 나설 날이 있을 것이다.

"약속드리죠. 소저가 찾고자 하시는 그분……. 제 목숨이 붙어 있는 한 반드시 찾아드리겠습니다."

천풍의 말은 무겁고 단단했으며 뜨거웠다.

그 무겁고 단단하고 뜨거운 말에 항아의 눈이 빨갛게 달아올랐다.

하지만 울음을 참았다.

한번 울음이 터져 버리면 봇물처럼 터지는 감정을 주체 못 할 것만 같아서, 입술을 피가 나도록 질끈 깨물고 작고 앙증맞은 손으로 주먹을 꽉 쥐고서 그렇게 사납게 회오리치는 격정을 안간힘을 다해 참아내고 있었다.

그런 그녀의 모습이 너무도 고맙고 안쓰럽고 아팠지만 천풍은 그저 말없이, 그저 자애로운 눈빛을 던질 뿐이다.

지금은 그것이 그가 항아에게 해 줄 수 있는 유일한 것이었다.

제9장

다시 부는 사막의 모래바람

"이미 장강 이남의 문파들은 모두 우리에게 등을 돌렸습니다. 게다가 강북 무림 또한 눈에 띄게 흔들리고 있습니다. 아직 강북 무림에서 현천문으로 돌아선 문파는 극소수에 불과하지만 앞으로 그 수는 기하급수적으로 늘어날 것입니다."

그렇게 비신대주 벽우가 보고를 올렸지만 시종일관 눈을 감고 있는 아극소는 어딘지 시큰둥한 반응이었다.

답답한 일이었다.

벽우가 접한 무림의 정세는 심각할 정도로 급변하고 있었다.

무당이 문을 닫은 후로 중원 무림인들의 흑지를 보는 눈에는 오직 공포만이 존재했었는데 지금 그들의 눈에는 저항과 희망이 있었다.

검문과 마황성 양 날개를 단 현천문은, 그리고 파천대성은 그만큼이나 존재감이 커져 있는 것이다.

"이대로 두고만 보기에는 불길이 거셉니다. 무언가 행동을 보여야 한다 사료됩니다."

벽우의 이어진 말에 그제야 아극소가 감은 눈을 떴다.

"무언가 행동을 보인다라……. 무얼 어떻게 말인가?"

"그건…… 안휘의 남궁세가와 산동의 황보세가의 움직임이 심상치 않습니다. 특히 남궁세가는 소가주 남궁현이 며칠 전 장강을 건넌 것이 포착되었습니다. 분명 불온한 생각을 가지고 있는 것이 틀림없습니다."

"해서?"

"그들을 본보기로 삼아 흔들리는 강북 무림의 민심을 다잡아야 합니다."

그렇게 다시 한 번 더 공포를 뼛속 깊이 새기고 나면 적어도 강북 무림만큼은 단속이 될 터였다.

"그래. 그들을 본보기로 삼는다면 그대 말대로 강북 무림의 민심이야 다잡을 수 있겠지. 그런데 그 전에 말이야, 강북 무림을 등에 업은 우리와 강남 무림을 등에 업은 현천문이 전면전을 벌이면 과연 이기는 쪽은 어느 쪽일까?"

"그야 당연히 본문입니다!"

"강북 무림으로부터 그저 형식적인 도움밖에는 받을 수 없는 우리와는 달리 현천문은 강남 무림이 일심이 되어 도울 텐데도?"

"그래 봤자 오합지졸입니다."

"심지어 검문과 마황성이 현천문과 손을 잡았는데도?"

"그래도……."

벽우가 다시 대꾸를 하려는데 아극소가 손을 휘휘 저어 그 말을 막았다.

"그런 충직한 말 따위나 들으려는 게 아니야. 내가 그대에게 묻고 있는 것은 실질적인 힘의 우열이란 말이네. 그러니 다시 말해 보게. 지금 이대로 현천문과 붙는다면 과연 우리에게 승산이 있나?"

"……."

"역시 승산이 없군. 하긴, 그럴 테지. 여긴 우리가 살던 사막이 아니니까. 그들의 터전에 그들을 이끌어 줄 믿음직한 수장이 있고 그 수장이 적의 수장보다 강하기까지 하다면 그 땅이 굳건한 거야 당연한 일이니까."

오만했었다.

중원 무림의 저력이란 것을 너무 소홀히 생각했다.

하지만 천풍과 금천우를 만나고, 금천우로 인해 분노하고 천풍으로 인해 절망하고 나서야 비로소 알았다.

도제 없이 그 혼자의 힘만으로도 능히 중원을 손아귀에 쥘 수 있다는 오만이 얼마나 무모한 객기였는지를.

자부심은 깨지고 찢겨 산산이 부서졌다.

도제와 천풍은 그가 감히 상상할 수도 없는 세계에서 살고 있었다. 심지어 금천우조차 그의 손이 미치지 않는 곳에 있었다.

그것이 너무도 분하고 절망스러워 화산으로 달려가 패악도 부려 보았고 무당파를 무참히 짓밟아도 보았다. 그렇게 그 양손에 천하를 쥐었다.

하지만 마음속에 똬리를 틀어 버린 분함은, 그 공허함은 조금도 나아지지가 않았다.

천풍이 다시 현천문을 열었다는 소식이 들려온 것은 그 무렵이었다.

그리 놀라운 소식은 아니었다.

새삼스럽지도 않았다.

도제의 일격에 당해 치명상을 입긴 했지만 분명 살아 있을 거라 생각했다. 또한 살아 있다면 언제고 다시 현천문을 열 거란 사실도 이미 짐작했던 일이었다.

다만 의외였던 것은 부양 지부 외에는 다른 어떤 곳도 건

들지 않았다는 것이다. 그것이 또 한 번 그를 분노케 했다.

가장 먼저 정리했어야 할 장강 이남을 그대로 둔다는 것, 그것이 의미하는 바는 단 하나였다.

안중에 없는 것이다.

흑지도, 그리고 흑지의 군주인 자신도.

이 싸움의 승패를 가름하는 것은 결국 도제와 자신의 생사투라, 천풍은 그리 생각하고 있는 것이다. 그리해 다른 잡것들에는 눈길도 안 주는 것이라 그리 생각했다.

그래서 철수 대신 대기를 명했다.

일종의 오기이기도 했고 자존심이기도 했으며 흑지는 안중에도 없는 천풍이 먼저 그들을 치지는 않을 거라는 확신이기도 했다.

그런데 그런 확신마저 틀렸다.

장강 이남의 지부 스물네 곳이 일거에 토벌을 당했다. 그리고 그 토벌을 이끈 것은 놀랍게도 검문과 마황성이었다.

그제야 알았다.

천풍의 뜻이 단지 흑지로부터 중원 무림을 구하는 데만 있는 것이 아니라는 것을.

'그 마음에 천하를 품었음이야!'

분명했다.

분명 천하를 가지기로 마음먹은 것이다.

그런데도 자신은 아무것도 할 수 있는 게 없었다.

먼저 천하를 마음에 품은 것도, 그리해 지금 이렇듯 천하를 가진 것도 자신인데 정작 천하를 뺏으려 하는 자는 자신을 보고 있지 않다.

그것이 너무도 화가 났다.

파천대성과 더불어 천하를 논할 수 있는 자는 오직 도제뿐이라는 듯한 천풍의 행보가 그를 너무도 비참하게 만들었다.

하지만 화가 나도, 비참해도 그것은 부정할 수 없는 사실이었다.

그래서 인정했다.

이미 스스로가 최고라는 자부심은 부서졌다.

흑지 비사천문의 군주로서의 자존심도 버렸다.

천풍 앞에 흑지와 자신은 그저 절대적인 강함 앞에 놓인 무수한 약함일 뿐이다.

지킬 자존심도 없고 잃을 자부심도 없다.

이제 그에게 주어진 것은 무수한 약함들 중의 하나로 그 소임을 다하는 것뿐이다. 그리고 약자로서 가장 먼저 해야 할 일은 오만함을 지우는 일이었다.

그리해 벽우에게 말했다.

"그대가 사막을 좀 다녀와야겠군."

"……."

"가서 전하게. 더 이상 흑지 비사천문의 제자들은 사막의 모래바람을 맞지 않을 거라고. 이제부터 흑지 비사천문의 제자들은, 그리고 우리의 후예들은 사막이 아닌 중원의 하늘을 보며 살아가게 될 거라고!"

지금까지 아극소에게 있어 중원 정벌은 일종의 놀이였고 유희였다.

하지만 지금 이 순간 그것은 더 이상 놀이도 아니었고 유희도 아니었다. 오만함을 버린 그에게 그것은 빼앗기지 않기 위해 온 힘을 다해 빼앗아야 하는, 오직 생존을 위한 투쟁이었다.

생존을 위한 몸부림, 살아남기 위한 발버둥……. 바로 그것이 약자로서 그가 해야 하는, 그에게 주어진 소임인 것이다.

그 같은 아극소의 결심은 고스란히 벽우에게로 전해졌다.

벽우의 눈빛이 뜨거워졌다.

그의 심장은 그보다 더 뜨거웠다.

그리해 심장에서부터 옮겨져 나온 한 마디.

"존명!"

그렇게 벽우가 방을 나갔다.

벽우가 나가자 아극소도 천천히 몸을 일으켜 세웠다.

벽우의 뒤를 따라 방을 나선 그가 향하는 곳은 무극전(無極殿)이었다. 그리고 무극전은 바로 도제 백무강이 폐관에 든 곳이었다.

*　　　*　　　*

"흑지의 움직임이 심상치 않습니다."

천풍의 집무실로 들어온 관여락이 자못 심각한 표정으로 그렇게 서두를 뗐다.

"무슨 일입니까?"

"흑지 본대의 규모가 급격히 불어나고 있다는 전갈입니다."

"본대의 규모가 불어나다니요?"

"현재 흑지 본대의 수가 오만을 넘었다 합니다."

천풍이 놀란 눈으로 관여락을 보았다.

"오만을 넘었다구요? 하면 지금 흑지에서 강북의 각 문파들을 호북으로 소집이라도 하고 있다는 말씀입니까?"

"그건 아닙니다. 현재 흑지 본대로 모여들고 있는 자들은 중원이 아니라 사막에서 오고 있는 자들이라 합니다."

"사막이라니……."

사막이라 하면 흑지의 본거지다.

"하면 그들이 전부 흑지 비사천문의 고수들이란 말씀입니까?"

아극소가 이끌고 온 일차 정벌대의 인원은 모두 삼만이었다. 그것만으로도 중원 무림을 일거에 집어삼켰던 흑지였다. 한데 거기에 더해 그보다 더 많은 고수들이 사막에 남아 있었다는 게 믿기지가 않았다.

그런 한편으로 고작 절반의 인원만으로 옥문관을 넘은 그 오만함이 기가 차기도 했고, 그 오만함이 너무도 당연하게 받아들여지는 흑지의 그 끝을 알 수 없는 강함에 새삼 경외심이 들기도 했다.

"어쨌든 흑지의 그 같은 움직임으로 보아 곧 총공세를 시작할 것이 분명합니다. 이제 우리도 본격적으로 일전을 준비해야 하지 않겠습니까?"

흑지와의 일전을 준비한다.

현천문에 충성 맹약을 한 문파들을 이곳 서호로 결집시켜야 한다는 뜻이다

"현재 우리가 모을 수 있는 인원이 얼마나 되죠?"

"대략 십만가량이 될 것 같습니다."

그동안 현천문이라고 해서 놀고 있었던 것만은 아니었다.

장강 이남은 물론이고 강북 무림까지 발을 뻗쳐 지지 세력을 확보했다. 그 수가 대략 십만이었다.

"하지만 실질적으로 흑지와 싸울 수 있는 전력은 본문의 삼만 형제들과 검문과 마황성의 일만, 곧 합류하기로 한 남궁세가와 황보세가의 이천, 거기에 각 성의 패주들까지 다 합쳐도 오만이 채 되지 않습니다."

나머지 오만은 그야말로 머릿수 채우기에 불과했다. 전쟁이 시작되면 화살받이밖에는 되지 않는다.

한데, 천풍은 흑지와의 마지막 일전에 그들 모두를 동원할 것이라 했다.

뜻밖이었다.

얼마나 많은 사람들이 개죽음을 당하게 될지 모르는 일이었다. 그런데도 그들을 화살받이로 내몰 결정을 내렸다.

죽음으로써 지켜 낸 승리는 그 무엇보다도 값진 것이기에 그로써 쟁취한 평화는 그만큼 소중할 수밖에 없고, 전장에서 서로에게 등을 맡기며 피로써 맺은 신의는 그 무엇보다도 진하고 끈끈한 것이기에 그로써 맺은 의(義)는 쉽게 깨지지 않는다. 그것은 천풍이 앞으로 천하를 경영하는 데 있어 가장 큰 힘이 될 터였다.

결국 천풍은 대의를 위해 작은 정을 버리기로 한 것이다.

앞으로의 어지러운 정국을 최대한 빨리 안정시키려면 그

것이 가장 현명한 방법이기도 했다.

뜻밖의 결정이긴 했지만 새삼스럽지는 않았다.

그 마음에 천하를 품은 이후 천풍은 항상 보다 멀리 내다보고 보다 큰 그림을 그리는 행보를 보여 주었으니까.

"오만 대 오만이라……. 머릿수는 비슷하군요."

천풍의 말에 관여락이 고개를 저었다.

"머릿수야 비슷하지만 전력상의 우열은 극명히 저희가 열세입니다."

"그럴까요?"

"제가 흑지와 싸울 수 있는 우리 쪽 전력이 오만이라 했지만 실제 흑지의 고수들과 맞상대가 가능한 것은 본문의 형제들과 검문뿐입니다. 각 성의 패주들은 물론이고 마황성조차 사실 얼마나 도움이 될지는 장담할 수 없습니다. 그러니 머릿수로도, 실질적인 전력에서도 흑지에 미치지 못하는 것이 현실입니다."

"그럴까요?"

천풍의 반복된 되물음에 관여락이 의아해했다. 그 되물음 속에서 왠지 의미심장한 무언가를 느꼈기 때문이다.

그래서 물었다.

"하면 문주님은 우리가 우세하다 판단하십니까?"

"글쎄요……. 부문주님의 말씀처럼 흑지의 고수들과 맞

상대를 할 수 있는 것은 분명 본문과 검문뿐이겠죠. 마황성도 크게 의지할 수 없다는 것도 분명한 사실입니다. 그런데 말입니다. 부문주님은 다른 문파의 힘은 냉정히 보면서 왜 우리 현천문의 힘은 제대로 보지 않는지 모르겠군요."

"그게 무슨……?"

"잊으신 모양인데 용궐에서 고작 삼천으로 흑지의 일만 고수들을 두 시진이나 버텨 낸 본문의 제자들입니다. 비록 절반이 목숨을 잃었지만, 절반만으로 제가 당도하던 그 순간까지도 당당히 흑지의 일만 고수를 상대했던 우리 본문 형제들의 머릿수가 그저 한 명에 하나밖에 되지 않겠습니까? 더구나 지금 본문의 형제들은 그때보다도 더 강해졌는데 말입니다."

천풍의 어조는 확신에 차 있었다.

순간 관여락은 둔기로 머리를 한 대 얻어맞은 느낌이었다.

천풍의 말대로였다. 그는 현천문의 힘을 제대로 보고 있지 않았다. 그도 그럴 것이 그는 용궐에 없었다. 그래서 현천문도들이 흑지의 일만 고수들을 상대로 어떻게 싸웠는지 보지 못했다. 아니, 그가 보지 못한 것은 그것만이 아니다. 그러고 보면 관여락은 현천문의 제자들이 흑지의 고수들을 상대로 싸우는 것을 제대로 본 적이 한 번도 없었다.

그런데도 멋대로 짐작하고 멋대로 힘의 우열을 정해 버렸다.

물론 흑지가 강한 것이야 두말할 것도 없다. 흑지가 보여준 그간의 거침없고 압도적인 행보만 보아도 그들이 얼마나 강한지 충분히 짐작할 수 있는 일이었다.

그러한 정황들을 바탕으로 가늠하고 추정해 본 흑지의 힘이란 것은 분명 실제와 크게 다르지 않을 것이다. 거기에 대해서만큼은 자신의 계산이 결코 크게 틀리지 않을 것이라 자신할 수 있었다.

하지만 천풍의 말대로 정작 현천문의 힘을 제대로 보지 못하고 있었다.

멀리 있는 흑지에 대해서는 그토록 철저하고 면밀하게, 그리고 냉정한 눈으로 보아 놓고서는 정작 바로 눈앞에 있는 현천문의 제자들에 대해서는 선입견을 가지고 있었다.

무시하는 마음이 있었다.

삼류라고.

근본도 없는, 천풍이 던져 준 무공서적 한 권으로 팔자를 고친, 그 한 권의 무공서적만 아니었다면 지금까지도 아무것도 아니었을 삼류 나부랭이라고 자신도 모르는 사이 그렇게 무시를 하고 있었음이다.

'나 또한 마찬가지였던 주제에……'

비록 그의 출신인 신창문이 적어도 이류는 되는 문파라 하지만, 그리해 그 역시 이류는 되는 무인이었다지만 그가 지금 이 자리에 있을 수 있는 것도 결국 천하오절의, 아니, 오래전 천풍이 세상에 내보낸 한 권의 무공서적 덕분이었다.

그날 부엌 아궁이 옆에서 풍마곤을 발견하지 못했더라면 그는 아직도 가문의 반양의창법이 가진 한계에 분노하며 그렇게 절망 속에서 살고 있었을 것이다.

그런 주제에 현천문의 제자들을 낮추어 보고 있었다.

무인으로 태어나 무인으로 자란, 태생부터 무인인 그 무시무시한 무력 집단을 날 때부터 삼류였던 자들이 이길 수 있을 리가 없다, 그렇게 단정 지어 놓고 생각하고 있었다.

그런데 천풍은 그의 생각이 틀렸다고 한다.

"이미 부문주님께도 말씀드렸지만 저는 현천문을 천하일패로 만들 것입니다. 하지만 그건 파천대성의 그늘 아래에서가 아닙니다. 현천문은 파천대성이란 이름과는 별개로 그 자체로 천하일패여야 합니다. 충분히 그럴 만한 힘이 있다는 것을 흑지와의 마지막 일전에서, 모두가 보는 앞에서 증명해 보일 것입니다."

천풍의 이어진 말에 관여락은 또 하나 자신이 잘못 판단하고 있었다는 것을 깨달았다.

천풍이 화살받이가 될 것임에도 불구하고 현천문을 지지하는 모든 문파들을 흑지와의 마지막 일전에 동원시키겠다 결정을 내린 것이 단지 대의를 위한 사소취대의 단호함이 아니었다는 것이다.

보여 주고자 함이다.

무림인들이 보는 앞에서 현천문의 강함을 직접 확인시켜 주려 함이다.

그만큼 천풍은 확신하고 있는 것이다.

현천문이, 현천문의 문도들이 흑지의 고수들을 능히 제압할 수 있을 거라고.

흑지의 고수들과는 칼 한 번 제대로 맞대 본 적이 없는 관여락이다. 흑지의 일만 고수들을 상대로 현천문의 제자들이 어떻게 싸웠는지 그저 다른 이의 입을 통해서 들은 것이 전부인 그였다.

그런 관여락과는 달리 천풍은 그 눈으로 현천문의 강함을 직접 보았고 그 손으로 흑지의 힘을 직접 느꼈다.

그런 천풍이 현천문이 더 강하다고 하면 더 강한 것이다.

"물론 그래 봤자 제가 도제를 이기지 못하면 그 모든 게 아무 소용 없는 것이 되겠지만요."

천하일패니 천하경영이니 떠들어 봤자 결국 도제를 꺾지 못하면 그저 공염불일 뿐이다.

'과연 도제가 폐관을 깨고 나왔을까?'

흑지의 지금 움직임만으로는 단정할 수 없다.

하지만 결국은 시간문제일 뿐이다.

언제가 되었든 세상의 문이 다시는 자신에게 열리지 않는다는 것을 깨달을 것이다.

지금까지 지옥보다도 더한 고통 속에서 살아왔던 그에게 앞으로의 생 또한 지옥이라는 현실을 받아들이게 될 것이다.

'아니, 이미 알고 있겠지.'

그저 끝내 미련을 버리지 못하고 있을 뿐이다.

부질없고 무기력한 발버둥.

결국엔 현실을 받아들일 것이다. 그리해 폐관을 깨고 세상에 나온다면 그 분노와 절망은 지금까지보다도 더 잔인하고 참혹하게 세상을 집어삼킬 것이다.

막을 수도, 피할 수도 없다.

천풍에게 흑지가 그런 것처럼 도제에게 중원 무림 또한 그저 무수한 약함들 중 하나일 뿐이니까.

도제를 막을 수 있는 것은 결국 천풍뿐이다.

도제를 꺾어야 했다.

그것이 흑지와의 전쟁에서 승리하는 유일한 길이고 자신이 뜻한 바를 이루는 유일한 방법이다.

'과연 할 수 있을까?'

소림에서 그렇게 도제와 일전을 겨룬 이후 수없이 질문하고 수없이 고민했던 화두다.

그러나 여전히 답은 찾지 못했다.

세상으로부터 내쳐진 그대로의 도제에게선 결이 보이지 않을 테니까.

반대로 자신의 결은 도제에겐 고스란히 보이게 될 테니까.

그야말로 손발이 묶인 상태로 수천 개의 서슬 퍼런 칼날 앞에 내팽개쳐지는 것과 같았다.

그런데 이상한 것은 그럼에도 전혀 겁이 나지 않는다는 점이다.

불안하지도 걱정되지도 않았다.

절대적으로 불리한 싸움인데도 도무지 질 것 같지가 않았다.

'이 무슨 대책 없는 여유고 근거 없는 자신감인지…….'

스스로 생각해도 그런 자신이 황당하다.

혹시 결국 부서지는 쪽은 도제가 될 것이라 했던 신비살수 현천의 그 말 때문일까? 아니면 세상에 머물러 있는 자가 품는 세상으로부터 버려진 자에 대한 연민이나 동정일까?

'하긴, 미리부터 불안해하고 걱정을 해 봤자 어차피 달라질 것도 없는데, 뭐.'

그렇게 도제에 대한 생각을 떨쳐 내고 관여락에게 지시를 내렸다.

"아무튼 부문주님의 말씀대로 근시일 내에 흑지의 총공세가 시작될 것은 분명해 보이는군요. 그러니 당연히 우리도 그에 맞게 준비를 해야겠죠. 각 문파들에 전갈을 넣으세요. 동원할 수 있는 모든 제자들을 현천문으로 집결시키라고. 그리고 현천상단의 손과 입도 빌려야겠습니다."

그리해 대륙 각지에 입소문이 돌고 벽서가 나붙었다.

그 벽서에는 이렇게 적혀 있었다.

나 파천대성이 중원 무림의 명운을 걸고 흑지와의 마지막 일전을 결하려 하니 뜻있는 자는 모두 현천문으로 오라!

제10장

진정한 불제자는 한 입으로 두 말을 한다

천극의 서

세상이 들썩였다.

언제고 이 날이 올 것이라 짐작은 했지만 막상 파천대성의 부름이 전해지자 오랜 목마름으로 갈망했던 사람들은 설레었고 환호했으며 열광했다.

그저 두려워 힘없이 포기하고 체념했던 사람들은 어쩔 수 없는 기대에 흥분하면서도 조심스레 숨죽였고 두려워했다.

그리고 무림인들이 현천문으로 향했다.

흑지에 대한 반감과 중원 무림의 자존감이 그들을 움직였다.

파천대성에 대한 신앙과도 같은 믿음이 그들의 걸음을 이끌었다.

무엇보다 좌우로 검문과 마황성의 보좌를 받고 있는 현천문의 그 압도적인 존재감이 희망이 되어 망설임을, 두려움을 지웠다.

그렇게 현천문으로 모여든 무림인들의 수가 무려 십오만 명에 육박했다. 처음 관여락이 예상했던 것보다 오만 명이나 더 불어난 숫자였다.

하지만 그래 봤자 그 대부분이 크게 도움이 되지 못하는 어중이떠중이일 뿐이다. 그것이 못내 아쉽기만 한 관여락이다.

아무리 천풍이 현천문의 힘을 믿으라 했지만 무림의 명운을 가를 사상 유례없는 전쟁이었다. 마음을 놓을 수 있을 리가 없었다. 조금이라도 더 많은 인원을, 더 강한 전력을 확보하고자 하는 욕심이야 당연했다.

하지만 욕심은 그저 욕심일 뿐이다.

애당초 작금의 무림에는 흑지를 상대로 현천문의 전력이 될 만한 세력 자체가 없었다.

기껏해야 구대문파 중 화산과 종남, 공동과 점창 등 흑지로부터 큰 화를 당하지 않은 문파들이 전부인데 그렇게 살아남은 문파들은 살아남는 조건으로 이미 장문령부를 흑지에 바친 상태였다.

전통과 규율을 목숨보다 무겁게 여기는 그들이다. 장문령부가 흑지의 손에 있는 한 그들은 결코 흑지를 상대로 칼을 들 수 없을 것이다. 실제로 강북 무림에서 합류한 무림인들 중 구대문파에서 온 자는 단 한 명도 없었다.

"그래서 더 걱정입니다. 이번 전쟁에서 장문령부를 빌미로 구대문파를 선봉에 세우지나 않을지……."

그렇게 되면 중원 무림의 동요는 실로 클 것이다. 구대문파는 중원 무림 천 년의 역사를 같이한 중원 무림의 심장이고 상징이었다. 구대문파와 싸워야 한다면 사기가 걷잡을 수 없을 만큼 흔들릴지도 몰랐다.

천풍이 걱정하는 바도 같았다.

대책 없는 여유와 근거 없는 자신감으로 일관해 온 천풍에게 있어 단 하나 걱정거리가 있다면 바로 그것이었다.

완벽히 통제할 수 없는 구대문파를 과연 흑지가 이번 전쟁에 써먹을까 싶으면서도, 그런 불안요소를 감안하고서라도 써야 할 정도로 이번 전쟁에서 구대문파만큼 효과적이고 실리적인 무기가 없는 것이 사실이었다.

만에 하나라도 정말 구대문파와 싸워야 하는 일이 발생한다면 현천문이 가장 먼저 해야 할 일은 무림인들이 다른 생각을 할 여지조차 없도록 구대문파를 최대한 빨리, 그리고 철저하게 부수는 것이다.

그것만은 피하고 싶었다.

동족상잔은 천풍에게도, 그리고 무림인들에게도 너무 가혹한 일이었다.

영혼 깊이 치유할 수 없는 상처로 남을 것이다.

이번 전쟁의 대의마저 훼손시킬 것이다.

이는 앞으로의 치세에도 막대한 부담으로 작용할 수밖에 없다.

그러나 안타깝게도 그로서는 그러한 참사를 막을 방도가 달리 없었다.

'차라리 백만의 적을 상대하는 게 낫지…….'

지금 그가 할 수 있는 것은 그저 제발 그러한 참담한 결정만은 내리지 않게 되기를 간절히 기도하는 것밖에 없었다.

그 무렵이었다.

반갑지만 또한 어려운 방문객이 천풍을 찾은 것은.

진현과 혜광, 그리고 뜻밖에도 화산 장문인의 영애인 화산일검향 단화영이었다.

진현은 지금까지 그가 알던 것과는 사뭇 다른 모습이었

다.

여유로운 중에도 지혜롭고 조용한 중에도 정기가 넘치던 기남아의 모습은 온데간데없이 사라지고, 처연함 속에 슬픔을 감췄고 쓸쓸한 미소 뒤에 분노를 숨겼다.

지난 시간 동안 그가 무엇을 보고 무엇을 느꼈는지, 그가 감당해야 했던 아픔이 얼마나 깊고 큰 것이었는지 충분히 알 수 있었다.

변한 것은 단지 진현만이 아니었다.

언제나 자신만만하고 기운이 넘쳤던 단화영도 어딘지 차분해져 있었다. 도전적이고 도발적이었던 눈빛도 보다 진지해지고 보다 깊어졌다.

천풍에게 닥친 환경이 그를 변화시켰듯이 그들에게 닥친 환경이 또한 그들을 변화시키고 있음이다.

그것이 씁쓸하고 아렸다.

하지만 그런 중에도 혜광만은 한결같았다.

방 안에 모인 이 네 명 중에 가장 큰 시련을 감당해야 했던 것은 다름 아닌 혜광이었다. 진현보다 더 많은 사문의 형제들을 잃었고 거기에 더해 한 팔마저 잃었다.

그런데도 '하하. 소림의 제자인 게 지금처럼 다행일 수가 없다니까. 합장이 아니라 반장만 하면 되니까 말이야. 다른 절간 같았어봐? 다들 합장을 하는데 나만 반장을 하면 그거 꼴이 너무 우습지 않았겠어?' 라며 너스레를 떤다.

스스로 한 팔을 잘라 입설정 위에 그 피를 뿌림으로써 달마의 제자가 된 이조 혜가 이후로 양손이 아닌 한 손으로 반장을 취하는 것이 소림의 예법이었다.

하지만 그것은 결코 다행일 수 있는 일이 아니었다.

오히려 슬프고 아픈 일이었다.

그런데도 혜광에게선 어떠한 구김도 느껴지지 않았다.

그랬다.

그들 중 가장 사내다운 것이 혜광이었다. 고리타분한 소림이 싫다느니 소림을 떠나 파계하여 많은 처첩을 거느리며 살 거라느니 했지만, 그가 아는 세상 그 어느 불제자보다도 승려다운 것이 혜광이었다.

감히 자신이 따라갈 수도 없을 만큼 그릇이 큰 사내.

그런 혜광이 천풍은 자랑스러우면서도 미안했고 그래서 또 아팠다.

천풍에게 진현과 혜광은 그렇게 자랑스럽고 아프고 미안한 존재였다.

그래서 이렇게 진현의 변화를 마주하는 것이, 또한 한 결같은 혜광을 보는 것이 어렵고 힘들다.

"내게 미안해하지 말게."

그들 앞에 놓인 찻잔의 온기가 식어갈 때쯤 진현이 그렇게 입을 뗐다.

"그것이 마황성 때문이라면 더더욱 그러지 말게나."

"……."

"마황성과의 은원은 어차피 우리 무당파의 것이네. 그러니 그것을 푸는 것도 오직 무당파의 몫이지. 그 일로 자네에게 서운한 마음은 전혀 없네. 지금 내게 있어 최우선이 무당파의 재건이듯 자네에게 있어 최우선은 흑지와의 전쟁이고, 마황성은 흑지와의 전쟁에 있어 최고의 선택임을 나 또한 모르지 않으니까."

마음을 쓰지 말라 했지만 마음이 쓰일 수밖에 없다.

무겁게 다문 입술의 떨림이 진현에게 있어 마황성은 입에 담는 것조차 진저리쳐질 정도로 불쾌한 존재임을 말해주고 있었다.

머리로는 이해를 하지만 가슴으로는 용납이 되지 않는다.

그럴 수밖에 없다.

목숨과도 같은 스승과, 사문의 어른들, 그리고 무수한 사문의 형제들을 눈앞에서 잃었다. 그들을 도륙하던 마황성의 마인들 하나하나가, 장면장면이 아직도 눈에 선명하다. 일평생이 지나도 그날의 기억이 지워지지 않을 텐데,

너무도 깊고 커서 시간에도 흐려지지 않을 원한이 가슴 깊이 박혀 버렸는데 마황성과 손을 잡은 친구의 결정이 어찌 야속하고 서운하지 않겠는가. 그럼에도 친구이기에, 피보다 진한 신의로 맺은 우정이기에 야속하고 서운한 마음을 애써 뒤로 감추고 그를 이해하고자, 그의 결정을 그저 지지해 주고자 부단히도 노력하고 있는 것이다.

진현은 웃었고 천풍은 차마 아무 말도 할 수 없었다.

그때 지금까지 묵묵히 침묵을 지키고 있던 단화영이 입을 열었다.

"우리가 이렇게 문주님을 찾아온 것은 구대문파의 뜻을 전하고자 함이에요."

드디어 본론이었다.

"아시다시피 소림과 무당파를 제외하고 살아남은 구대문파는 모두 장문령부를 흑지에 넘겼어요. 장문령부의 권위를 거스르는 것은 기사멸조의 대죄, 흑지가 요구하는 것은 그것이 어떤 것이라 해도 구대문파는 거스를 수가 없어요. 그것이 구대문파의 근간이고 천 년을 버텨 온 힘이며 앞으로도 지켜 가야 할 자부심이기 때문이에요. 하지만 아무리 그것이 근간이고 힘이며 자부심이라 해도 외세의 꼭두각시가 되어 우리의 칼에 동족의 피를 묻힐 수는 없는 일이에요. 해서 화산을 비롯한 구대문파의 장문인들이 뜻을 모았어요. 만일 흑지에서 이번 전쟁에 구대문파를 동원하고자 한다면 기사멸조의 대죄를 범하겠노라고."

"그게 정말입니까?"

그렇잖아도 구대문파의 일이 상당히 부담스러웠던 천풍으로서는 이보다 더 반가울 수가 없는 희소식이었다.

"한데 어떻게…… 제가 잘은 모르지만 구대문파에게 장문령부의 권위란 것이 그리 간단히 무시할 수 있는 게 아니지 않습니까?"

"간단히 무시한다고요?"

"……?"

"기사멸조의 죄는 목숨으로밖에는 갚을 수 없는 대죄예요. 그러니 기사멸조의 죄를 범하겠다고 한 것은 그에 앞서 목숨으로 죄를 갚겠다는 의미예요."

"……."

"만일 흑지의 강요가 있다면 뜻을 모은 구대문파의 장문인들은 그 즉시 목숨을 끊고 구대문파의 봉문을 명할 거예요. 장문령부의 권위가 태산처럼 높고 크다지만 장문인들의 유지 또한 그만큼 높고 큰 것이니까요."

장문령부의 권위를 장문인의 유지로 막는다.

그것이 구대문파의 선택이었다.

천풍은 차마 어떤 말도 할 수 없었다.

그들의 용단에 고마움을 전할 수도, 그들의 살신성인에 경의를 표할 수도 없다.

단화영의 앞이기 때문이다.

만일 흑지가 장문령부의 권위를 빌어 구대문파에 참전을 강요한다면 스스로 목숨을 끊어 마지막 유지를 남길 장문인 중에는 바로 그녀의 부친, 화산 장문인 단학영도 있는 것이다.

화산파라는 든든한 울타리 안에서 구김 없이 자라 와 밝고 거침없었던 그녀가 이렇듯 부쩍 철이 든 모습으로 변한 이유를 알 것 같았다.

그러고 보면 어린 시절 천풍에게 처음으로 이성을 느끼게 해 준 것이 그녀였다. 그 특별한 인연 때문일까? 그녀의 깊어진 눈이 기특하면서도 안쓰럽다.

하지만 그녀의 가녀린 어깨를 보듬어 줄 사람은 자신이 아니었다.

아마도 그 몫은 도진의 것일 터였다.

천풍은 단화영에게서 눈을 돌려 다시 진현과 혜광을 보았다.

"소림과 무당은 어떻게 할 생각인가?"

소림과 무당은 많은 희생을 치른 대가로 장문령부를 지

켰다. 그러니 그들에겐 다른 구대문파들에게 씌워진 굴레가 없다.

"사부님이, 그리고 사문의 어른들이 목숨으로 지켜 낸 무당의 영령들이네. 그 하나하나가 앞으로의 무당파를 지탱할 기둥이 되어야 하기에 그들을 전장으로 내몰 수는 없네. 게다가…… 우리 무당파가 마황성과 하나의 대의 안에서 같은 전장을 누빌 수는 없지 않겠는가? 무당파가 마황성과 마주할 때는 오직 적으로서만이 가능하다네."

당연한 것을 물었다.

하지만 반드시 확인해야 하는 것이었다.

천풍이 진현의 결정을 충분히 이해하고 또한 지지한다는 뜻으로 크게 고개를 끄덕여 보인 후 혜광을 보았다.

혜광이 어깨를 으쓱해 보였다.

"우리 소림도 마찬가지야. 얼마 되지도 않는 제자들을 다시 위험으로 내몰 수는 없지. 어차피 별로 도움도 되지 못할 테고."

도움이 안 될 리가 없다.

소림이 합류해 주는 것만으로도 중원 무림의 결속력은 더욱 굳건해질 것이다.

하지만 혜광이 지금 어떤 마음인지, 사문의 미래를 양 어깨에 짊어진 그 막중한 책임감이 어떠한지 알기에 그는 이번에도 그저 고개를 끄덕일 뿐이었다.

"그러나저러나 말이야. 이길 자신은 있는 거야?"

혜광이 툭 던지듯 물어왔다.

"……?"

"도제 말이야, 도제. 결국 이번 전쟁의 승패를 가름하는 것은 네 녀석과 도제의 승부 아냐? 일을 이렇게 어마어마하게 벌여 놓고 정작 네 녀석이 도제 그 노망난 늙은이한테 져 버리면 말짱 도루묵이잖아. 지난번에 보아하니 도제를 상대로 곧잘 싸우긴 하더라마는, 그때는 도제의 상태가 아무래도 이상했단 말이지. 결의 무예도 쓰지 않았고. 도제의 결의 무예가 네 녀석에겐 상극이라며? 파훼법을 찾긴 한 거냐? 천극신공이 효과가 있긴 한 거냐?"

혜광의 말대로였다.

천풍이 천하를 마음에 품었든 어쨌든, 현천문에 모인 무림인들의 수가 십오만에 육박하든 어쨌든, 구대문파의 주인들이 살신성인의 용단을 내렸든 어쨌든 결국 중요한 것은 천풍이 과연 도제를 꺾을 수 있느냐였다.

혜광의 질문에 천풍이 씁쓸한 미소를 입가에 머금으며 고개를 저었다.

"천극신공은 도제를 잠깐이나마 세상에 다시 들여놓기는 했지만, 그래서 그에게서 결의 무예를 잠시 잊게 만들기는 했지만 그것이 근본적인 해결책은 되지 못했네."

"하면 그를 이길 마땅한 방법을 찾지 못했다는 거냐?"

"안타깝지만 지금은 그렇다네."

"그런데도 일을 이 지경으로까지 키웠단 말야?"

어이없어하는 혜광이다.

승산 없는 전쟁이라면 애초에 시작하지를 말았어야 했다.

대책 없는 객기의 대가는 여기에 모인 십오만 명의 목숨이다.

"근데 뭐가 이리 태평해?"

십오만 명의 목숨을 담보로 승산 없는 도박을 벌인 것 치고는 지나치게 태평한 얼굴이 아닌가 말이다.

진현이 그에 대한 답을 대신했다.

"달리 대비책이 있는 거로군."

진현의 말에 혜광이 다시 기대를 담으며 물었다.

"정말 그런 거냐? 대비책이 있는 거냐?"

하지만 들려온 대답은 기대와는 전혀 다른 것이었다.

"아니. 없네."

"뭐?"

"달리 대비책 같은 게 있다면 내가 왜 자네들에게 숨기겠나? 천 번, 만 번을 생각하고 고민해 봤지만 지금의 나로서는 도무지 도제를 이길 방도를 찾을 수가 없었네."

"그런데도 뭐가 이리 태평한 거냐고!"

답답하다 못해 짜증마저 치미는 혜광이다.

그런 혜광을 보며 뻘쭘히 뒷머리를 긁적이는 천풍이다.

"그게 참, 나도 이상하단 말이야. 분명 이길 방도가 없는데도 말이네, 도제와의 승부를 천 번도 넘게 만 번도 넘게 머릿속으로 그려 보았지만 내가 도제를 이긴 적은 단 한 번도 없었는데도 말이네, 이상하게 겁이 안 나는 거야. 내가 질 수밖에 없는 이유는 백 가지도 넘고 내가 이길 수 있는 이유는 단 한 가지도 없는데 도무지 질 것 같지가 않단 말이네."

"그게 대체 무슨 말이야?"

"그러니까 말일세. 이게 대체 무슨 조홧속인지 나도 그게 궁금해 미칠 지경이란 말이지."

천풍의 말에 진현이 고개를 잘래잘래 저었다.

"자네는 생긴 건 그렇게 안 생겼는데 가끔 하는 짓은 혜광 이 땡초보다 더 마구잡이야."

"그러니까 내 말이! 이 녀석 가만 보면 나보다 더 막가파라니까. 장경각에서의 일을 생각하면 난 아직도 등허리에서 식은땀이 줄줄 흐른다고."

"그거야 내가 일부러 그런 것이 아니지 않은가? 그땐

술에 너무 취해서 나도 모르게 그만 실수를 했던 거지.”

“그러니까 술도 못 마시는 놈이 왜 떡이 되도록 처마시냐고!”

“처음 마시는 술을 내게 떡이 되도록 권한 건 혜광 자네거든?”

“그러니까 이기지도 못할 술을 주는 족족 넙죽넙죽 대책도 없이 받아 처먹냐 이 말이야! 도대체가 말이야, 소림의 제자도 아닌 외인이 장경각 그 신성한 곳에서 술이 떡이 되도록 처마신다는 게 말이나 되는 거야?”

“아 글쎄, 장경각 그 신성한 곳에 술을 감춰 둔 것도 자네고, 우리를 그 신성한 곳으로 끌어들여 술을 권한 것도 자네고, 내게 술이 떡이 되도록 권한 것도 혜광 자네라니까 그러네.”

“흥! 아무리 그렇다고 어떻게 무림 최고의 보물 중 하나로 꼽히는 장경각의 고서들을 그렇게 한순간에 먼지로 만들어 버릴 수가 있냐고! 사고는 지가 쳐 놓고 저 혼자 살자고 내빼는 바람에 내가 그거 뒷수습하느라 얼마나 진땀을 뺐는지 알기나 해?”

객잔까지 찾아와서 십팔나한들의 추격을 알려주고 서둘러 도망치라고 재촉을 한 것 또한 실은 혜광이었지만 천풍은 그 대목에 있어서만큼은 꿀 먹은 벙어리가 되어 아무 대꾸도 하지 못했다. 그러기에는 지은 죄가 너무 컸다.

그렇게 그들이 티격태격하는 것을 옆에서 지켜보는 단화영은 그 같은 광경이 낯설다 못해 황당했다.

방금 전까지 천풍의 태평함을 꾸짖던 혜광과 진현이건만, 정작 지금 그들의 모습 또한 천풍과 별반 다를 바 없이 근심이라곤 눈곱만큼도 보이지 않는다.

그녀의 부친을 비롯해 구대문파의 장문인들이 스스로의 목숨과 문파의 미래까지 걸고 지지를 보냈는데, 그 필사의 각오가 무색하게 너무도 간단히 이길 수 없다 패배를 자인해 버리는 천풍과 그런 천풍을 보면서도 옛 추억이나 들먹이는 진현과 혜광. 그들 사이에 면면히 흐르는 여유가 어이없었다.

'단체로 천하태평 병이라도 걸린 거야, 뭐야?'

정말이지 천풍에게 전염이라도 된 것일까?

사실 그건 전염이 아니라 믿음이었다.

그리고 그녀는 보지 못하는 그들만의 식견이었다.

그도 그럴 것이 방금 천풍이 말한, 그런데도 질 것 같지 않다는 그 말이 그녀에겐 단지 근거 없는 자신감으로밖에는 들리지 않았지만 진현과 혜광에겐 그 말이 다르게 들렸다.

근거 없는 자신감이 아니다.

무인에겐 그럴 때가 있다.

커다란 깨달음의 벽에 막혀 한 치 앞도 볼 수가 없고 한 걸음도 나아갈 수 없을 때나, 태산처럼 높고 큰 적을 마주해 그 압도적인 강함 앞에 현격한 실력의 차를 확인했을 때. 그럼에도 천리만리 그 까마득하게 두터운 깨달음의 벽이 마치 백지장처럼 얇게 느껴진다거나 태산처럼 높고 큰 적이 왠지 그리 높지도, 그리 강해 보이지도 않을 때가 있다.

천 번, 만 번 도제와의 승부를 머릿속으로 그려본 천풍이다. 도제에 대해서는, 그 강함에 대해서는 누구보다도 잘 알고 있는 그가 질 것 같지 않다고 할 때는 질 것 같지 않은 이유가 분명히 있는 것이다.

단지 머리보다 몸이, 감각이, 예민해질 대로 예민해진 오감이 먼저 그것을 알아차렸음이다.

물론 그것이 무언지는 그들도, 천풍도 모른다. 하지만 분명한 것은 이길 수 없는 백 가지 이유에 이길 수 있는 한 가지 이유가 생겼다는 것이다.

이길 수 없는 백 가지의 이유에 비하면 이길 수 있는 단 하나의 이유는 보잘것없는 것일 수도 있지만, 때론 그 한 가지 이유에 백 가지, 천 가지, 만 가지 이유가 무시되기도 하는 것이 바로 무인의 대결이었다.

그리고 천풍에겐 단 하나의 이유면 되었다.

그들이 아는 천풍이라면 능히 이길 수 있는 단 하나의 이유로 도제를 이길 것이다. 그런데도 만일 천풍이 패한다면 그건 그저 중원 무림의 운명이 그러한 것일 뿐이다.

"이것 참, 옛일을 생각하니 괜히 술이 땡기는군. 이럴 때는 서 말의 술로 밤새 회포를 풀어야 하는데 내가 다시는 술을 입에 대지 않기로 결심을 해 버려서……."

"어차피 땡초 자네야 한 입으로 두 말 하는 것을 최고의 미덕으로 아는 사람 아닌가? 말이 나왔으니 말이네만 자네에게 금주가 어디 가당키나 한 말인가? 지나가던 개가 웃을 일이지."

"무슨 소리! 예전에야 어차피 이놈의 중질 따위 언제고 때려치워 버릴 생각이었으니 그랬던 거지만 소림에 뼈를 묻기로 작정을 한 이상, 진정한 불제자로 거듭난 내게 불문오계와 소림십계는 생명처럼 중한 것이라 이 말이야."

혜광이 아미타불까지 읊으며 짐짓 어울리지 않는 승려 흉내를 낸다.

그런 혜광을 보며 천풍이 아쉽다는 듯 입맛을 다셨다.

"이런이런, 그것참 아쉽구만. 언제고 이런 날이 있을 거라 생각하고 내 자네들을 위해 아주 귀한 술을 구해다 놓았는데……."

순간 혜광의 귀가 쫑긋해진다.

"귀한 술이라니? 어떤?"

"도화주."

"뭐?"

"여기 아래 내 술 창고에 서 말의 도화주가 들어 있다는 말이네."

"설마 그 도화주라는 게 무당의 도화주는 아니지?"

"무당의 도화주가 아니면 내가 따로 그것을 구해다 놓을 이유가 뭐가 있겠나?"

"하면 정말 무당의 도화주라고?"

"그렇지. 바로 그 무당의 도화주네. 그것도 백이십 년을 묵힌."

"거짓말! 말도 안 돼! 내가 똥 수발까지 하면서도 못 구한 것인데, 그걸 네놈이 어떻게 구해? 그 거짓말을 지금 나더러 믿으라고?"

"천하에는 돈으로 안 되는 게 없고 돈으로 구하지 못할 게 없다는 걸 내 새삼 깨달았지. 이래 봬도 천하제일의 상단을 거느리고 있는 몸 아닌가?"

천하에 돈으로 구하지 못할 것이 없다는 거야 혜광도 잘 알고 있었다. 한때 삼처사첩을 거느린 졸부를 꿈꾸었던 그가 어찌 그것을 모르겠는가.

"정말 이 밑에 백이십 년 묵은 산삼, 아니, 도화주가 잠들어 있단 말이지?"

"그렇다니까 그러네. 하나, 그러면 뭐하겠나? 자네는 불음주의 계를 범할 수 없는 진정한 땡초가 아닌가? 아쉽지만 자네와의 회포는 나중에 좋은 곡차를 구하게 되면 그때 하도록 하지."

그렇게 말한 천풍이 진현을 보았다.

"설마 자네도 진정한 도사가 되기로 했다거나, 그래서 금주를 해야 한다거나 그런 건 아니지?"

"나야 저 땡초와는 다르게 원래부터 진정한 도사였는데 새삼스럽게 진정한 도사가 되네 마네 할 게 뭐 있겠나? 더구나 도사에겐 불음주의 계 같은 건 애초에 없는 것을."

"그렇지? 그럼 오늘 우리 둘이서 땡초의 몫까지 한번 코가 삐뚤어지도록 마셔 보세나."

"그러지. 나도 백이십 년 묵은 도화주가 과연 어떤 맛일지 실로 궁금해서 미칠 지경이라네."

이젠 아예 혜광은 안중에도 없다는 듯 둘이서 쿵짝이 맞아서는 당장 술 창고로 향할 듯이 몸을 일으켜 세우는 천풍과 진현이다.

혜광이 그런 그들의 바지 자락을 급히 움켜쥐었다.

"자, 자, 자자잠깐!"

"왜 그러는가? 설마 불제자도 아닌 우리에게 불음주의 계를 논하려는 건 아니겠지?"

"그, 그게 아니라……."

"하면 이제 진정한 불제자가 되신 스님께서 불문오계와 소림십계를 어기기라도 하겠다는 말인가?"

"끄응……."

"아서게. 그깟 도화주가 뭐라고 진정한 불제자의 길을 포기한단 말인가? 그건 우리가 용납 못 하네. 어떻게 우리가 자네에게 그런 마구니짓을 할 수가 있겠는가 말이네."

"암! 그렇고말고. 희대의 고승이 될 지기의 전정에 도움은 되지 못할망정 방해가 되어서야 어디 지기라 할 수 있겠는가?"

그것만큼은 용납할 수 없는 일이라며 너스레를 떨고는 정중히 혜광의 손을 뿌리친다.

그렇게 다시 걸음을 떼려는 둘 앞을 혜광이 막아섰다.

"아, 그러니까 잠깐만들 있어 보라니까. 내 말 좀 들어 보라고."

"어허. 대체 무슨 말을 들어 보라는 건가?"

"인생은 길어. 나한테도 당연히 길 거야. 적어도 양팔로 살아온 날보다 앞으로 한 팔로 살아갈 날이 더 길 거야. 안 그런가?"

"그래서?"

"부처님이 그러셨지. 돌아서면 피안이라고."

"그래서?"

"그래서 내 말인즉슨, 급할 거 없다는 거지. 진정한 불제자가 되는 걸 하루쯤 미룬다고 해서 그게 뭐 대수냐는 거지. 어차피 시간은 많고 돌아서면 피안이고 해탈인데. 안 그래?"

"그래서?"

"그래서 어디야? 도화주가 있다는 술 창고, 어디로 가면 돼?"

그러고는 대답도 듣지 않고 성큼성큼 앞장서서 방을 나서는 혜광이다.

그런 혜광을 보며,

"크크크크."

천풍은 웃었고,

"진정한 불제자는 개뿔."

진현은 한심하다는 듯 투덜거렸다.

그리고 천하의 명운을 결정짓는 날이 코앞에 닥쳤는데

도 이 중요한 순간에 술독이나 찾으러 가는 그들을 보며 단화영은 기가 막힌다는 듯 고개를 잘래잘래 저었다.

'하여튼 사내들이란…….'

그러거나 말거나 수많은 사형제들을 잃고 실의에 빠져 있던 진현과 사문의 은혜를 차마 저버리지 못하고 끝내 불제자로서의 길을 선택한 혜광, 그리고 천하의 명운을 그 두 어깨에 짊어진 천풍은 그날 하루만은 자신들에게 지워진 그 모든 짐들을 내려놓고 백이십 년 묵은 서 말의 도화주를 주거니 받거니 하며 그렇게 밤을 새웠다.

어쩌면 마지막일 수도 있는 그 순간을 그들이 그렇게 즐기고 있던 그 시각이었다.

마침내 도제가 폐관을 깨고 밖으로 나왔다.

그리고 이튿날, 오만을 넘어 육만에 이른 흑지의 본대가 호북성을 출발했다. 그들이 향하는 곳은 당연하게도 현천문이 있는 절강성이었다.

제11장

천하경영, 그 시작

천극의 서

"드디어 내일이로군요."

추도향의 말에 천풍이 고개를 끄덕였다.

날이 밝으면 드디어 흑지와의 마지막 일전을 위해 출정길에 오른다.

그래서인지 밤이 깊도록 좀처럼 잠이 오지 않았다.

딱히 도제와의 승부가 걱정되거나 불안하지는 않았다.

오히려 스스로도 신기할 만큼 거기에 대해서는 그야말로 무심이었다.

아무런 생각이 나지 않았다. 대신 다른 잡념들이 끊이지 않고 불쑥불쑥 고개를 들이밀었다.

어린 시절 스승을 따라 황산사에 들었던 일이며 이만 권의 무공서적에 압도되어 설레었던 일, 금천우와의 만남, 황학루 취옥선의 그 고운 얼굴도 떠오르고 자신으로 인해 쫄딱 망해 버린 염가상단의 염장과 조충 두 사람은 어떻게 지내고 있는지, 아직 천축에 있을 스승 현야는 여전한지……. 그간 맺었던 많은 인연들이 주마등처럼 스쳐 갔다.

결국 잠은 오지 않고 마음만 심란해서 침소를 나와 보니 밤하늘이 지나치게 밝았다. 그것이 또한 쓸쓸하기도 하고 공허하기도 해서 허허로운 마음으로 무심코 걷다 보니 자신도 모르는 사이 추도향의 처소 앞이었다.

그래서 지금 추도향의 처소에서 이렇듯 추도향과 마주 앉아 있는 것이다.

어쩌면 이것이 마지막일지도 모른다는 생각 때문일까?

추도향의 아름다운 얼굴을 보고 있자니 괜스레 더 애틋해지기도 하고 가슴이 두근거리기도 한다.

그 뜨거운 시선에 흠칫한 추도향이 아직 식지 않은 찻잔으로 손을 가져가며 천풍의 시선을 슬며시 흘렸다.

찻잔을 만지작대는 그 길고 가는 손가락이 유난히 더 예뻐 보였다.

그런 한편으로 저렇게 예뻐 보이는 손이지만 저 손에 찻잔이 아닌 도가 들리면 무림의 사내들마저 오금을 저리게 만드는 살벌한 도객으로 변한다 생각하니 왠지 웃음이 나오기도 했다.

"저기 말입니다."

"……?"

"이번 전쟁을 무사히 마치고 나면 저를 함녕에 데려다 주시지 않겠습니까?"

순간 추도향이 움찔하며 놀란 눈으로 천풍을 보았다.

천풍이 길눈이 어두운 것도 아니고 함녕까지 가는 길이 어려운 것도 아니다. 그런데도 하필 그녀에게 데려다 달라는 것은 죽은 그녀의 스승과 사형제들이 그곳에 묻혀 있기 때문이었다.

속마음을 말로 표현한 적은 없지만, 그래서 그 흔한 밀어 한 마디 들은 적이 없었지만 그가 자신에게 어떠한 마음인지 정도는 그녀도 알고 있었다.

비록 일평생을 도 한 자루에 기대어 살았던 그녀지만, 그래서 이런 일에 대해서는 잘 알지도 못하고 관심도 없던 그녀지만, 그녀에겐 가족이나 진배없는 도문의 제자들이, 그들의 유골이 묻힌 곳으로 데려다 달라고 하는 천풍의 뜻이 무엇인지 정도는 충분히 짐작할 수 있었다.

그래서 설레었고 그래서 떨렸다.

천풍의 눈길에 담긴 조바심과 조심스러움이 또한 고마웠

다.

잠시 당혹스럽긴 했지만 깊이 고민할 것은 없는 일이었다.

"그래요. 이번 전쟁을 무사히 마치고 나면 같이 가요."

어차피 그녀 역시도 천풍과 크게 다르지 않은 마음이었으니까.

천풍은 이내 얼굴에서 긴장을 지우고 환하게 웃었다.

추도향은 천풍의 시선을 새침이 흘리며 다시 찻잔을 만지작거렸다.

그것으로 끝이었다.

아니, 그것으로 충분했다.

다른 이들이 보았다면 '그게 뭐야?' 했을 정도로 멋없고 싱거운 고백이었지만, 마음을 전하는 것도 마음을 받는 것도 낯설고 어색하기만 한 두 남녀에겐 그것은 더없이 충실한 고백이었다.

갑작스럽게 밖에서 소란이 인 것은 바로 그때였다.

이 밤에, 그것도 출정을 바로 앞둔 이 시기에 이게 대체 무슨 소란인가 싶어 급히 나가 보니, 어쩐 일인지 그간 잠잠히 지내던 풍천이 연무장 한가운데서 펄쩍펄쩍 날뛰는가 하면 야공이 찢어져라 울음을 내지르기도 했다.

그 바람에 풍천을 막는 제자들이 아주 생고생을 하고 있었다.

풍천의 발에 차이기라도 했는지 이미 주위에는 맥없이 널브러져 끙끙 앓는 소리를 내는 자들도 있었다.

명색이 현천문의 제자들인데도 십여 명이 풍천 하나를 막지 못해 곤욕을 치르고 있는 것을 보니 새삼 풍천이 명마긴 명마라는 생각이 들었다.

그런데 그때, 마침 천풍을 본 풍천이 힘들게 고삐를 틀어쥐고 있는 네 명의 무사들마저 획 뿌리쳐 버리고는 천풍에게 달려왔다. 그리고 천풍의 앞에 서서는 거칠게 투레질을 해 댄다.

순간 천풍의 뇌리를 스쳐 가는 것이 있었다.

'설마…… 신비살수 현천?'

설마가 아니다.

'분명 신비살수 현천이 근처에 와 있는 것이다!'

그리고 풍천은 천풍을 신비살수 현천에게 데리고 가려고 지금 이렇듯 소란을 피우고 있는 것이 틀림없었다.

현천을 만나야 했다.

묻고 싶은 것이 많았다.

무엇보다 그라면 필경 도제를 상대할 수 있는 해법을 알고 있을 것이다.

거기에까지 생각이 미친 천풍은 망설이지 않고 풍천의

등에 올라탔다.

"출정 시간 전에는 돌아올 것이니 기다리지 마십시오."

한마디 당부가 채 끝나기도 전이었다.

풍천이 그대로 땅을 박찼다. 그리고 언젠가 그랬던 것처럼 바람보다 빠른 속도로 어딘가로 질주하기 시작했다.

그리고 그 질주의 끝에 그가 있었다.

신비살수 현천.

천풍의 짐작대로 현천이 그를 부른 것이었다.

"처음부터 저를 알고 계셨던 것입니까?"

천풍이 물었다.

산서성 어느 숲에서 처음 만났던 그 날, 그저 우연으로만 알았던 그때의 만남이 정말 우연이었는지 아닌지 천풍은 그것을 묻고 있었다.

"당연히 알고 있었지."

역시나 짐작대로였다.

"저를 어떻게 알고 계셨습니까? 그 전까지 노인장과 저는 일면식도 없었지 않습니까?"

"천극의 상."

"……."

"이백 년 만에 나와 같은 것을 보는 자가 있다 하는데 호기심이 생기는 거야 당연하지 않느냐."

"그래서 진가장까지 찾아오셨던 것입니까?"

"그랬지. 물론 한발 늦었었지만. 덕분에 그날 네놈을 그렇게 만나기까지 내가 고생을 좀 했지."

"한데 저 녀석은 왜 제게 주신 것입니까?"

천풍이 멀찍이 떨어져서 풀을 뜯고 있는 풍천을 가리켰다.

비록 그때 당시에는 몰랐지만, 그래서 현천을 사기꾼으로 오해하기도 했지만 풍천이 천하제일의 명마인 도려라는 것을 알게 된 지금은 그런 귀한 말을 선물한 현천의 저의가 궁금했다.

"별다른 의도가 있었던 것은 아니니 그렇게 경계할 것 없다. 그저 나보다는 네놈에게 더 어울린다 생각했기에 그리한 것일 뿐. 굳이 이유를 붙이자면 지금 이렇듯 내가 원할 때 언제든 네놈을 내게 데려다 준다는 것 정도겠지. 그보다……."

소소한 질문들이 귀찮다는 듯 현천이 말문을 돌렸다.

"네놈이 내게 정말로 묻고 싶은 것은 그런 게 아닐 텐데? 이렇듯 날 만나러 한달음에 달려온 것은 백무강, 그 아이에 대해 묻고 싶은 것이 있었기 때문이 아니냐?"

한달음에 달려온 것은 어디까지나 천풍의 의지와는 상관

없던 일이었지만 현천의 말대로 지금 그가 가장 궁금해하는 것은 역시 도제에 관한 것이었다.

"어르신께서 도제에게 이렇게 말했다 들었습니다. 세상에 머물러 있다는 것과 세상으로부터 버려졌다는 것의 의미를 온전히 이해하지 못했다고. 해서 저와 도제가 싸우게 된다면 부서지는 것은 제가 아니라 도제가 될 것이라고."

"그래. 내가 그 아이에게 그리 말했지."

"하면 어르신은 정말 제가 도제를 이길 수 있다 생각하시는 것입니까? 세상에 머물러 있다는 것과 세상으로부터 버려졌다는 것의 온전한 의미는 대체 무엇입니까?"

"그거야 네놈도 알고 있을 텐데?"

"그게 무슨……?"

"소림에서 그 아이를 상대했을 때, 분명 네놈도 느꼈을 텐데?"

현천의 말에 천풍은 눈살을 찌푸렸다.

그가 도제와 싸우면서 느꼈던 그 묘한 괴리감을 훤히 꿰뚫고 있는 듯한 현천이다. 하지만 돌이켜 생각해 보면 그것은 그리 놀랄 일도 새삼스러울 일도 아니다. 어차피 세상의 상식으로부터 철저하게 벗어나 있는 인물이 아닌가.

"도제와 싸우면서 이상한 느낌을 받기는 했지만 정확히 그것이 무엇인지는 알지 못합니다."

"너무 생각이 많아서 그래. 네놈도 그렇고 백가 그 아이도 그렇고, 쓸데없이 복잡하게 생각하니 그 단순한 걸 보지 못하는 게야. 일곱 살 꼬마 아이도 알 법한 것을 말이야."

"……."

"세상에 머물러 있다는 것과 세상으로부터 버려졌다는 것, 그게 뭐겠어?"

일곱 살 꼬마 아이도 알 법한 것이라 한다.

복잡하게도 어렵게도 생각하지 말라 한다.

그래서 그렇게 해 보았다.

그러니 보였다.

순간 천풍은 그야말로 둔기로 머리를 맞은 듯한 충격을 받았다.

"이제야 깨달은 모양이군."

"하면 정말로 도제가……."

"백가 그 아이만이 아니지. 나도 그 아이와 같으니까."

이어서 나오는 현천의 말에 천풍의 눈은 더 커질 수 없을 만큼 커졌다.

현천의 한 마디 한 마디는 그야말로 충격이었고 경악이었다.

그런 중에 모든 것이 선명해지기 시작했다.

왜 도제에게선 결이 보이지 않았는지, 그런데도 도무지

질 것 같지 않았던 그 근거 없는 자신감은 대체 무엇이었는지, 그리고 부서지는 쪽은 자신이 아니라 도제가 될 거라 했던 현천의 말도……. 모든 것이 선명해지고 있었다.

아니, 그 모든 의문들을 충족시킬 수 있는 이유는 오직 그 하나뿐이었는데도 여태껏 그 단순하고 명백한 사실을 깨닫지 못했던 자신의 어리석음이 실로 한심스럽기까지 했다.

"그렇게 자책할 것 없다. 천하에 다시없이 영민했던 백가 그 아이마저 자신의 몸에 난 종기조차 보지 못하고 있지 않느냐? 진리는 항상 가까이에 있는데도 멀고 어려운 것만 높고 귀하다 여기고 눈앞의 진리를 보지 못하는 것이 본시 사람의 본성이 아니겠느냐? 사람의 본성이 본시 그렇듯 어리석은 것인데 그것을 자책해서 무엇하겠느냐?"

지금까지의 괴팍함과는 달리 조금은 현학적으로 도제에 대한 이야기를 마무리하는 현천이다.

그러다 문득 생각났다는 듯이 혀를 끌끌 찼다.

"이런, 전에도 이 말을 해 주려다가 깜빡하고 못 했는데, 오늘 또 깜빡하고 말을 못 해 줄 뻔했군."

"……?"

"진가장의 아이가 천극의 상이라는 소문을 듣고 네놈을 찾아 이리저리로 떠돌던 중에 말이다. 천목산에서……."

그렇게 이어지는 현천의 이야기에 천풍의 얼굴에는 때로는 반가움이 떠올랐다가 때로는 놀람이 떠오르기도 했다. 그리해 현천의 말이 끝났을 때, 천풍의 얼굴에 남은 것은 진한 걱정과 가슴 저미는 그리움이었다.

*　　*　　*

그리해 출전의 날이 밝았다.

현천문 앞에는 출정을 위한 행렬이 그 끝이 보이지 않을 정도로 길게 늘어서 있었다.

십오만 명이었다.

무려 십오만 명의 무림인들이 행과 열을 맞춰 줄지어 늘어서 있으니, 서호의 끝자락까지 닿아 있는 그 위용은 실로 다시는 보기 힘든 장관을 연출하고 있었다.

그 가장 앞자리에 천풍이 있었다.

풍천의 등에 올라 꼬리에 꼬리를 물고 이어진 행렬을 하시하던 천풍이 이윽고 손을 치켜들었다.

그러자 옆에서 그를 보좌하던 마립이 끓어오르는 격정을 그대로 담아 외쳤다.

"출(出)!"

그렇게 대인원이 움직이기 시작했다.

그들이 향하는 곳은 그곳에서부터 북쪽, 태호의 아래부터 전당강의 위로 드넓게 펼쳐진 북부 평원이었다.

최후의 격전지였다.

그곳에서 중원 무림의 명운을 건 한판 승부가 펼쳐지는 것이다.

행군은 길었다.

서호를 출발한 이후 세 번의 낮과 밤을 보냈고 세 번의 노숙을 했다.

그렇게 사흘 후 십오만의 대군세가 드디어 최후의 격전지 북부 평원에 도착했다.

흑지의 육만 대군은 이미 그들보다 먼저 와서 북부 평원의 가장 끝단에서 기다리고 있었다. 그리고 그 선두에 도제 백무강과 군주 아극소가 있었다.

면면히 흐르는 긴장감 속에서 십오만 대군을 한 걸음 뒤로 두고 도제와 아극소를 마주한 것은 당연하게도 천풍과 금천우였다.

"아무래도 이건 뭔가 속는 기분이란 말이야."

뭐가 그리 불만인지 아까부터 계속 투덜거리는 금천우다.

도제 때문이었다.

"소자를 믿으십시오. 아버님께서 직접 상대해서 도제를 이겨 본들 씁쓸한 뒷맛만 남을 뿐 그 어떤 성취감도 얻지 못할 것입니다."

"그러니까 대체 왜 그렇게 된다는 거냐고. 게다가 그 망할 소자니 아버님이니, 그딴 소리 좀 집어치워! 온몸에 소름이 돋아서 아주 미치겠다니까!"

정말이지 온몸에 수천 마리의 지네라도 기어 다니는 기분이었다.

천풍은 그것이 재밌었다.

처음에는 그도 도무지 그 단어가 입에 붙지 않아서 어색하고 민망했는데 금천우의 죽을 듯이 괴로워하는 모습을 보고 있자니 오히려 말하기가 편해졌다. 급기야 이제는 금천우의 고통을 사뭇 즐기고 있기까지 했다.

"도대체가 사람이 변해도 정도껏 변해야지. 그 순진하던 녀석이 왜 이렇게 능글맞아진 거야?"

천풍을 보며 징글징글하다는 듯 잔뜩 얼굴을 구기는 금천우다. 그런 금천우에게 백연이 짓궂게 말했다.

"아니, 지극한 효심이 느껴져서 듣기만 좋은데 왜 그러십니까?"

"효심 같은 소리 하고 있네. 그래, 효심이 지극한 놈이 내가 수십 년을 노리고 있던 먹잇감을 날름 낚아채? 뒷맛이 안 좋으네 뭐네, 사기나 쳐 대면서?"

"그래도 그 말을 다 들어 주시는 것 보면 새로 생긴 아들이 주군도 영 싫지만은 않으신 것 아닙니까?"

"흥! 이 연회의 주인은 저놈인데, 연회에서 가장 맛있는 요리를 주인이 먹겠다는데 손님 주제에 하라 마라 할 권리가 있기나 해? 난데없이 팔자에도 없는 자식 놈 때문에 내 일생의 숙원도 다 망쳐 버리고……. 도대체 말년 운세가 어쩌려고 벌써부터 이 모양인 거냐고."

금천우가 그렇게 투덜거리며 천풍을 죽일 듯이 노려본다.

금천우의 그 따가운 눈빛을 그저 씁쓸한 미소로 받아넘기던 천풍이 이내 사뭇 진중해진 모습으로 정면의 적을 주시하며 한 마디 던졌다.

"가죠."

그것이 시작이었다.

어차피 서론 따위는 필요 없는 전쟁이었다.

천풍에 대한 못마땅함과 짜증을 그대로 흑지에게 옮겨 심은 금천우가 천풍에게 한마디를 던졌다.

"혼자 용쓰다 힘들 것 같으면 괜히 오기 부리지 말고 날 불러. 원래 자식 놈의 뒤치다꺼리는 부모된 자가 당연히 맡아야 할 몫이니까."

걱정이라기보다는 어딘지 염원같이 느껴지는 그 한마디를 던져두고는 그 즉시 흑지를 향해, 군주 아극소를 향해 몸을 날렸다.

이미 천풍과 협의해 놓은 그의 몫이었다.

그리고 뒤처질세라 중원 무림의 십오만 대군이 흑지를 향해 달려갔다.

군주 아극소를 위시한 흑지 또한 조금의 주저함도 없이 중원 무림인들을 마주해 갔다.

결국 흑지와 중원 무림은 격돌했다.

삽시간에 드넓은 평야는 들끓는 함성과 창공을 날카롭게 찢어발기는 병장기의 쇳소리, 그리고 살기 진득한 기합성과 처절하고 섬뜩한 비명으로 뒤엉켰다.

그렇게 절강의 북부 평원에는 치열하고 원초적인 약육강식의 현장이 펼쳐졌다.

그 속에서 마침내 천풍이 움직였다.

그가 똑바로 향하는 곳에 바로 도제 백무강이 있었다.

그렇게 천풍은 다시 한 번 도제를 마주했다.

그런데 도제를 보는 눈빛이 이상했다.

그 어떤 전의도 보이지 않는다.

심지어 그 안에는 어떤 연민마저도 보였다.

주위에서 벌어지고 있는 처참한 살육의 현장과는, 그 살벌함과는 너무도 동떨어진 눈빛에 도제가 의아히 물었다.

"어찌하여 그런 눈으로 나를 보는 게냐?"

"무엇이 말입니까?"

"나와 생사결을 하러 온 자의 눈빛이 아니지 않느냐?"

"맞습니다. 저는 어르신과 생사결을 하러 온 것이 아닙니다."

"뭐라?"

"저는 그저 확인을 하러 왔을 뿐입니다."

"확인? 무엇을 말이냐?"

"그러는 어르신께선 왜 아직도 이곳에 계시는 것입니까?"

"왜 이곳이 있냐니? 그건 또 무슨 말이냐?"

"이곳은 어르신이 계실 곳이 아니지 않습니까?"

"그러니까 그게 무슨……?"

도대체가 천풍이 무슨 말을 하는지 알아들을 수가 없다.

무림의 명운을 걸고 그와 한판 승부를 벌이러 온 자가 전의를 보이지 않는 것도 괴상한 일인데 생사결을 하러 온 것이 아니라 하질 않나, 자신더러 왜 이곳에 있냐니? 이곳이 자신이 있을 곳이 아니라는 건 또 무슨 말인가?

황당하고 괴이쩍다.

그런 도제를 보며 천풍이,

"어르신은……."

어딘지 한숨 섞인 목소리로 운을 뗐다.

도제를 향하는 눈길에 담긴 연민이 조금 더 짙어졌다.

그러면서도 추상처럼 단호하다.

그리고 이어진 말.

"어르신은 이미 죽은 자가 아닙니까?"

"뭐?"

무슨 말일까? 이미 죽은 자라니?

"결의 무예를 얻기 위해, 가질 수 없는 것을 가지기 위해 어르신께서 세상을 버리신 날!"

"……?"

"어르신은 그때 산 자도 죽은 자도 아니게 되었다 말씀하셨지만 실은 그저 산 자가 아니게 되었을 뿐이 아닙니까?"

"허……. 하면 지금 내가 죽어 있기라도 하다는 말이냐?"

"정녕 그것을 모르셨단 말입니까?"

도제는 어이없어했고 천풍은 서릿발 같은 눈빛으로 도제를 본다.

사실이었다.

결의 무예를 얻기 위해 세상을 버린 날, 아니, 세상으로부터 내쳐진 날, 그때 이미 도제 백무강은 산 자가 아니었다.

세상으로부터 버려졌다는 것의 진실된 의미는 다른 무엇도 아닌, 그저 죽음이었을 뿐이다.

그래서 도제에게선 결이 보이지 않는 것이다.

그래서 질 것 같지 않았고 그래서 겁도 나지 않았던 것이다.

'육체(肉)와 정신(情)과 아(我)가 지고한 경지에 올라 생과 사의 경계마저 모호해진 탓에 육은 부패하지 않고 정은 흩어지지 않고 아는 머물러 있어 자신이 죽어도 죽은 줄을 모르는 게야.'

천풍의 말에 도제 백무강의 신형이 급격히 흔들렸다.

동요하고 있었다.

"그럴 리 없다!"

부정했다.

"그런 궤변 따위로 내 심기를 어지럽힐 수 있을 거라 생각하느냐! 그따위 얕은수로 나를 이길 수 있다 생각했느냐!"

하지만 부정하면 할수록 마음에 이는 의구심은 급격히 증폭되어 그의 안에서 회오리친다.

"터무니없는 일!"

그 마음에 회오리치는 의심이 두려움을 만들고 두려움은 분노가 된다.

기대했고 기다렸다.

다시 완전한 세상의 충만함을 느껴 보려 폐관까지 했었지만 결국 좌절했다.

세상의 문은 그에게 단 한 걸음도 내주지 않았다.

그런 그에게 오늘의 대결은, 천풍과의 재회는 마지막 남은 희망이었다.

다시 한 번 그 온전한 세상의 충만함을 맛볼 수 있는, 그래서 이 절망과 고통뿐인 세상으로부터 벗어날 수 있는 절박한 기회였다.

그에겐 그토록 절박하고 소중한 기회인데, 그래서 이 날만을 그토록 손꼽아 기다렸는데,

"네놈은 고작 간악한 세 치 혀로 날 상대하려 한단 말이냐!"

증폭되는 의심과 그로 인한 두려움이 맞물려 천풍에 대한 분노는 이내 살의가 된다.

그리해 살의는 이성마저 마비시켰다.

'죽인다!'

완전한 세상도 이젠 필요 없다.

다시 억겁의 고통 속에 지내야 한다고 해도 상관없다.

죽일 것이다.

천풍을 이 자리에서 소멸시켜 자신을, 자신의 절망을 서푼어치도 안 되는 농담거리로 전락시켜 버린 그 간악하고 무례한 세 치 혀를 다시는 놀리지 못하도록 만들 것이다.

그리해 손을 뻗었다.

천풍의 결을 향해.

한데,

"……!"

잡히지 않았다.

천풍의 결은 허무하게 그의 손을 통과해 빠져나가 버렸다.

"이, 이게……?"

급격히 흔들리는 동공.

그를 보며 천풍이 고개를 저었다.

"육이 아무리 부패하지 않고 정이 아무리 흩어지지 않았다 해도, 그리해 아상(我相)이 아직 머물러 있다 해도 그저 떠나야 할 때를 놓쳐 버린 것일 뿐, 어차피 일시적인 현상에 지나지 않습니다. 오직 산 자만이 그 모두를 조화롭게 유지할 수 있는 것이니 그 조화가 지금 깨어지고 있다 해도 이상한 일은 아니지요."

"네놈이……."

"제가 아닙니다. 제 말이 그 조화를 깨트린 것이 아닙니다. 아마도 지난번 소림에서일 테죠. 어르신께서 저로 인해 산 자들의 세상에 잠시나마 발을 들였을 때, 그때 어르신의 육과 정과 아가 깨달은 겁니다. 죽은 자의 몸이며 죽은 자의 정신이며 죽은 자의 자아라는 것을 말입니다. 그때부터 이미 그 조화는 깨어지고 있었던 것입니다. 그저 어르신의 무자각이 그것들을 억지로 붙들고 있었을 뿐이지요."

"그럴 리 없다! 그럴 리 없어! 그럴 리가 없단 말이다!"

발악하듯, 아니 발버둥일 것이다. 도제가 천풍의 결을 쥐려는지 정신없이 양손을 휘저어 댄다. 이미 그 눈은 이지를 상실하고 있었다.

몸도 정신도 마음도 그렇게 무너져 내리고 있었다.

이제 거기에는, 도제 백무강이라는 그 높은 이름과 존재에는 그저 가련한 광기와 미련한 집착만이 남아 있을 뿐이었다.

"후우……."

천풍은 무거운 한숨을 내쉬며 답답해 오는 마음을 털었다.

이 시대 최고의 무인이었던 도제 백무강의 말로라 하기에는 그 모습이 너무 가엾다. 그 가여운 모습을 더는 지켜보기가 힘들다.

천풍은 손에 쥔 묵필을 들어 올렸다.

이미 죽은 자였다. 마땅히 가야 할 곳으로 보내 줘야 했다.

무기력한 집착 하나에 억지로 붙어 있는 육체와 정신과 아상을 끊는 데에는 결의 무예도, 천극신공도 필요 없었다.

그저 단 한 번의 휘두름이면 족했다.

퍽—

그리해 육은 부패했고 정은 흩어졌고 아는 떠났다.

하늘처럼 높고 태산처럼 컸던 존재가 사라진 자리에는 허무만이 남았다.

허무만이 남은 공간을 잠시간 착잡한 눈으로 보고 있던 천풍의 시선이 이내 전장으로 옮겨졌다.

이곳의 허무와는 달리 살아 있는 생명이 약동하는 곳.

생존을 위한 처절한 몸부림들이 뒤엉켜 있는 곳.

천풍은 주저 없이 그 속으로 몸을 날렸다.

지금부터가 앞으로 그가 걸어야 할 천하경영, 그 길고 고단한 싸움의 시작이었다.

제12장

종장(終章)

대여행가이자 지리학자로 유명한 서하객은 삼십 년간 세상을 둘러본 후 이렇게 말했다.

> 오악을 보고 나니 다른 산이 보이지 않고
> 황산을 보고 나니 오악이 보이지 않더라.

시선 이태백은 황산을 두고 대지의 꽃이라며 감탄하기도 했다.

온갖 미사여구를 다 붙여도 부족하기만 한 희대의 명산.

구름의 바다 운해는 일 년 중 이백 일이 넘는 날을 그 자리에 머물러 있고, 온 산을 가득 메운 기암괴석은 어느 하나 특이하지 않은 것이 없으며 바위틈에서 천 년을 자라는 소나무는 그 자체로 신비롭다.

수많은 화가들과 시인묵객들이 절정의 아름다움을 표현하고자 했지만 화가들은 끝내 붓을 놓아야 했고, 시인묵객들은 꿀 먹은 벙어리가 되어 스스로의 재주 없음을 한탄해야 했다.

그곳 황산에 황산사라는 절이 하나 있다. 이름만 보자면 황산을 대표하는 유명 사찰처럼 생각되지만 일 년 내도록 찾아오는 참배객 하나 없는 외진 암자였다.

그런데 오늘, 그곳에 참으로 오랜만에 사람의 발길이 있었다.

'진가장의 아이가 천극의 상이라는 소문을 듣고 네 놈을 찾아 이리저리로 떠돌던 중에 말이다, 천목산에서 노승 하나를 만났다. 절벽에서 낙상을 했는지 큰 상처를 입고 죽어 가고 있었지. 조금 더 오래 산 덕분에 조금 더 오래 남아 있는 방법을 터득한 것뿐, 섭리에서 벗어난 비루한 존재인 것은 나 또한 백가 그 아이와 다르지 않은 처지. 그런 처지에 감히 살아 있는 자의 생과 사에 관여할 자격은 없었지만 왠지 그냥 무시해 버릴 수가 없더구나. 그래서 구했다. 한데, 그것도 인연이었는지 알고 보니 그 노승이 바로 내가 찾고 있던 아이의 스승이었지 뭐겠느냐.'

천풍은 '황산사' 그 세 글자가 적힌 현판을 보며 감회에 젖었다.

십 년을 훌쩍 넘겼다.

아련하고 그리운…… 밀려드는 감정에 울컥 목이 메어 온다.

그나저나 떠난 지 십 년이 훌쩍 넘었는데도 현판이며 문설주며 담벼락에는 먼지 하나 묻어 있지 않았다.

사람의 손길이 느껴지는 그 모습에 다시금 가슴속에선 격정이 휘돈다.

천풍은 그런 마음을 애써 누르며 황산사의 문을 열었다.

처음 스승의 손을 잡고 황산사의 문을 열었을 때, 그를 놀라게 하고 흥분케 했던 이만 권의 책은 당연히 없었다. 한데 책이 있던 그 자리에 어쩐 일인지 수를 헤아릴 수도 없이 많은 목검이 가지런히 놓여 있었다.

의아해하며 문을 넘었다.

그렇게 아련하고 그리운 추억을 더듬으며 황산사 곳곳을 둘러보던 중이었다.

늘 무공 수련을 하던 작은 연무장에 이르러 천풍의 걸음이 우뚝 멈추었다.

연무장의 한편에 노승이 있었다.

그 노승은 다름 아닌 스승 현야였다.

'나는 뜻한 바가 있어 천축으로 가게 되었다. 기약할 수 없는 길이니 기다리지 말거라.'

그렇게 서신을 남겼던 현야가, 지금쯤이면 불도의 성지에서 불상이나 구경하고 있어야 할 스승이 지금 이곳 황산사에 있는 것이다.

'낙상으로 입은 상처야 치료를 했다마는 애초에 네 스승은 치유할 수 없는 다른 큰 병을 앓고 있었다. 그러면서도 네가 걱정할 거라며, 거동조차 힘든 몸으로 기어코 천목산을 올라 네게 서신 한 줄을 남기더구나. 하나 그것이 마지막이었다. 병이 심해져서 끝내 내가 누군지도, 자신이 누군지도 모르게 되었지.'

그리고 황산사로 왔다.

현천이 육십 평생을 살아왔던 곳으로.

누구의 도움도 안내도 없이 스스로의 걸음으로.

천풍은 현야에게로 가까이 다가갔다.

그가 뭘 하는지 어깨너머로 살펴보니 나무를 깎아 목검을 만들고 있었다. 한데, 그 손이 온통 베이고 긁힌 상처들로 엉망이었다.

한두 자루 만들어서 생긴 상처들이 아니다. 하루 이틀 만에 생겨난 상처들도 아니다. 오랜 시간 목검을 만들고 또 만들어 생긴 깊고 진한 것이었다.

그제야 들어오며 보았던 그 많은 목검들이 어디서 생긴 것인지 알 수 있었다.

천풍은 다시금 올라오는 걱정을 억눌렀다.

그때였다.

그제야 인기척을 느낀 현야가 천풍을 돌아본다.

의아한 눈빛, 그리고 반가움.

"허허, 이곳까지 찾아주시는 시주님이 다 계시다니…… 참말로 오래 살고 볼 일이로군요."

알아보지 못한다.

이미 현천에게 들어 알고 있었다.

"목검을 만드는 중이신가 보군요."

"허허허. 그렇소이다. 내 제자 놈이 참말로 무공을 좋아해서 어제는 나더러 목검을 만들어 달라지 뭐겠소? 그 수줍음 많고 소심한 아이가 내게 처음으로 부탁이란 걸 하는데 얼마나 기쁘고 즐겁던지……."

현야의 시간은 천풍의 어릴 적 그날에 멈춰져 있다.

자신이 만든 검을 보며 뛸 듯이 좋아할 천풍을 생각하며 더없이 행복한 얼굴로 그렇게 하염없이 목검을 만들고 있었던 것이다.

한계였다.

더는 가슴속에서 소용돌이치는 격정을 누를 수가 없었다.

뜨거운 것이 올라왔다.

목이 메었다.

눈시울이 붉어졌다.

그리해 울먹이는 목소리로 말했다.

"사부님…… 다녀왔습니다."

현야가 멀뚱히 천풍을 본다.

말없이 천풍을 보는 현야의 눈에서 차츰 낯설음이 지워지고 반가움이 담긴다.

그리고 인자하고 자상한 목소리가 이어졌다.

"그래. 잘 다녀왔느냐?"

〈천극의 서 종(終)〉

수라왕

이대성 신무협 장편소설

NAVER 웹소설 인기 무협『수라왕』,
책으로 다시 돌아오다.

산법에 뛰어난 재능을 지닌 명석한 소년, 초류향.
진리를 깨우치고 숫자로 세상을 보게 된 소년,
그가 강호에 첫발을 내딛는다.

인물들의 외전과 뒷이야기를 정리한 설정집 수록!

dream books 드림북스

天下第一

천하제일

ORIENTAL FANTASY STORY & ADVENTURE

장영훈 신무협 장편소설

시니어 신무협 장편소설
ORIENTAL FANTASYSTORY & ADVENTURE
일보신권
문피아 골든 베스트 1위, 그 빛나는 영광!
시니어 신무협 장편소설
천하를 놀라게 한 파격적인 소림무공,
그 비밀은 배고픔과 절제!
이제 무공도 근검절약의 시대,
최소한의 움직임으로 최대의 효과를 얻는다!
dream books
드림북스